Rikei kanojo to bunkei kareshi, saki ni kokuttahou ga make
理系彼女と文系彼氏、
先に告った方が負け
Tokuyama Ginjirou
徳山銀次郎
illust.日向あずり

CHARACTER

Rikei kanojo to bunkei kareshi,
saki ni kokuttahou ga make

「日本語は正しく使え理系」
「筆者の意図を察するのは試験の中だけにしてもらえる？」

Tamaki Tofukuji

東福寺珠季

理系クラスの成績1位。演劇部副部長。
無駄を嫌う圧倒的合理主義者。

Ryusei Hiroo

広尾流星

文系クラスの成績1位。演劇部部長。
部の脚本を手掛ける文才の持ち主。

「困った時はあたしを頼りなさい。幼馴染みのよしみで教示してやるよ」
A
Shien Arisaki
有崎紫燕
演劇部の後輩。
理系選択を希望。
珠季に心酔している。
「あ〜、また部室でイチャイチャしてる」
B
「これは。心にもあることをつい口走ってしまいました」
C
Ruri Minamiyama
南山瑠璃
流星と同じクラスの幼馴染み。
流星の弟を溺愛している。
Mimika Hibi
日比実々花
演劇部の後輩。
文系選択を希望。
生粋のカップル厨。

「さすがだな。満点とは、やっぱり東福寺に隙はないか。あはは」
「何言っているの。それは広尾君もでしょ。うふふ」

（おい、東福寺、台本通りやれ）
（台本には昇降口までの正確な所要時間の記載はなかったけれど？）

「こっち」

東福寺が歩き出す。

「おう……」

その背中を追う俺の手が、再び温かな体温で包まれた。

全身に熱くなるほど大量の血液が流れ出す。

「人多いから……万が一はぐれたら再集合する
時間もったいないし……こうしてた方が効率的でしょ？」
「あ、ああ……」
握ってるんだが、握ってないんだか、
わからないほどの力で添えられた手に誘導されながら、
星空が照らすパーク内を進む。

CONTENTS

理系彼女と文系彼氏、先に告った方が負け

徳山銀次郎

GA文庫

カバー・口絵　本文イラスト
日向あずり

恋愛とは演技をすることだ。

自分の理想、相手の理想、周囲の理想。

そんな、理想という名の偽りを演じ続ける。

そして、内に秘めた互いの本心を知られぬように……取り繕い、出し抜き、騙《だま》し合う。

しかし、演技《ウソ》はいずれ、必ず破綻する。

その時、はたして、その者に訪れるのは負けか……それとも――。

PROLOGUE

弁護士、映画監督、人気作家。著名な文化人を輩出してきた名門校、高峰《たかみね》高校。

医師、宇宙飛行士、ＩＴ起業家。優秀な技術者を輩出してきた名門校、藤北《ふじきた》高校。

隣接していた二つの学校は九年前に合併。日本随一の進学校、私立峰藤《みねふじ》学園として生まれ変わった。

その格式高い学園の校門前に、巨大な二つの掲示板がドンと並べられていた。

二学期初日に行われた全校生徒共通試験の結果である。

文系クラスと理系クラスの成績が、まるで互いを意識しろと言わんばかりに横並びで張り出され、確認しに集まった生徒たちから、歓喜の声や落胆の声が次々と上がっている。

やれ、前回より順位が上がっただとか、やれ、この点数じゃお小遣《こづか》いを減らされるだとか。

その喧騒が一瞬にして静まり返った。

そして、生徒たちの注目は一点に集中され、ただの塊だった人だかりが、綺麗《きれい》に整列された人垣に変化をとげた。

現れた男子生徒を招き入れるように。

「来た。文系一位の広尾流星《ひろおりゅうせい》君よ……」

その男子を見て女子がボソッと声を上げる。

峰藤学園二年Aクラス、演劇部部長。広尾流星。

高身長のスラッとしたスタイルは高級感のある峰藤学園の制服がよく映え、サラサラとした髪を自然な流れでまとめた爽《さわ》やかなマッシュヘアが日の光でツヤツヤと輝いている。

決して派手なイケメンというわけではないが、清潔感に溢《あふ》れ、堂々とした佇《たたず》まいの青年だ。

彼は掲示板の前に着くと、腕を組み一言。

「また満点か」

その瞬間、文系女子から激しく黄色い声援が上がった。

「かっこいい!」「クールすぎ!」「通ったあとの空気がいい匂《にお》い!」

そんな声をかき消すかのように、今度は理系男子の野太い声が校門前に響く。

「来たぞ! 理系一位の東福寺珠季《とうふくじたまき》さんだ!」

そこに現れたのは一人の少女。

峰藤学園二年Gクラス、演劇部副部長。東福寺珠季。

モデルのようなメリハリがあるスタイルはブレザーの上からでも凹凸がハッキリし、男子たちの視線を釘付けにしている。

腰までストンと伸びた黒髪もまた、鼻筋の通った綺麗な顔立ちにマッチしていて、男子だけでなく女子からの人気も高い。

彼女も掲示板の前に着くと、腰に手を当てて一言。

「また満点ね」

透き通った綺麗な声に周囲は反応せざるをえない。

「綺麗な上に秀才！　まさに高嶺の花！」「ああ、マジでかわいい！」「私も東福寺さんみたいにカッコよくなりたいなぁ」

各々から上がる称賛の言葉が飛び交う中、掲示板の前で並ぶ文系一位の男子と理系一位の女子。

まさに学園の最高峰である二人は、互いに顔を向け、目を合わせた。

途端に周囲の声が鳴り止《や》み、刹那の緊張が走る。

それもそのはず。この峰藤学園では合併初期に、文系特化の名門校、理系特化の名門校、それぞれの母校愛によってしばらく対立が続き、その名残から、九年経《た》った今でも水面下で文系と理系のいがみ合いが行われているのだ。

そんな両陣営のトップ。つまり文系と理系の大将同士が対峙《たいじ》しているのである。

「東福寺……」

「広尾君……」

二人は互いの名前を呼ぶと、

「さすがだな。満点とは、やっぱり東福寺に隙《すき》はないか。あはは」

「何言っているの。それは広尾君もでしょ。うふふ」

仲睦まじく互いの健闘を称え合った。

周りからは再び歓声がこだまする。

「キャー！　さすが演劇部カップル！」『やっぱり文系理系の架け橋ね！』『尊すぎ〜！」

そう、文系理系が対立していたのは、『広尾流星と東福寺珠季の二人が付き合い始めた』という、噂が広まった一週間前までの話である。

峰藤学園に走ったその衝撃のニュースは、生徒間の醜いいがみ合いを終幕させるキッカケとなり、学園人気のツートップが理想のカップルになることで、文系理系の架け橋となった。

こうして、みんなの憧《あこが》れであり、平和の象徴となる学園の名カップルが誕生し、文系理系間の対立は過去の話となったのだ。

「東福寺、せっかくだから校舎まで一緒に歩こうか」

「ええ、私も今そう言おうと思っていたところ」

笑顔で歩き出す二人を見て、早速失神し出す女子も出てきた。みんながみんな、二人のあとを追い出す。

そこでハプニングが起こった。

珠季の足がもつれ、バランスを崩して躓《つまず》いたのだ。

「あっ！　危ない！」

いち早く気づいた女子生徒の声が辺りに響く中、すかさず珠季の肩に手を差し伸べた人物がいた。

「大丈夫か、東福寺」

流星だ。

彼に支えられ、間一髪、転倒をまぬがれた珠季は顔を赤らめながら、言う。

「ごめんなさい、広尾君。少し足がもつれてしまって」

垂れた横髪を耳にかけ体勢を戻す珠季。

「いや、東福寺が無事でよかったよ。それに……俺《おれ》の歩くペースが少し速すぎたようだ。すまない」

「ううん、ありがとう」

そう返事をして珠季は再び止めていた足を校舎へと向けた。

その姿を見て、生徒たちから感嘆の声が上がる。

「はあ〜、演劇部カップル尊い〜」「なんて素敵なカップルなの」「カップル配信してくれたら投げ銭するのに。ずっと見ていたい」

まさに絵に描いたような理想の高校生カップル。

そんな二人に、次々と心を打ち抜かれる生徒たちだったが――。

「おい、東福寺、台本通りやれ」

「今日日、転がっている小石に躓く高校生がどこにいるの。そもそも小石と衝突した程度で体のバランスが崩れるほど負荷がかかるなんて物理的にありえないわ。足がもつれたという理由の方が自然でしょう」

流星と珠季はにこやかな表情を変えぬまま小さな声で、鋭い言葉を交差させていた。

もちろん、その声はこの二人以外の誰《だれ》にも届いていない。

「躓く理由のところを言ってるんじゃない。それはそれでセリフを改変されるのは見逃せないがアドリブということで納得しよう。俺が指摘しているのは間の取り方だ。歩くスピードが速すぎる。躓いたあとからの復帰と歩き出す間も急ぎすぎだ。おまえには物語を演出する緩急というものがわからないのか」

「台本には昇降口までの正確な所要時間の記載はなかったけれど？　これ以上歩行速度を落とすとホームルームまでの私的な時間が二分削れるの。黙って歩きなさい。癪《しゃく》だわ」

彼らを見てうっとりとしている生徒たちとは逆に、鋭い言葉でいがみ合う二人は、歩くスピードを緩めることなく、そのまま昇降口に向かう。

笑顔だけを振りまきながら。

そう、この二人は決して理想のカップルなどではない。

互いに演技をしている、偽カップルなのだ。

TAKE1　開演

文系と理系の対立。

ここ峰藤《みねふじ》学園が合併により誕生してから九年も続いてきた話だ。

文系一位の男、広尾流星《ひろおりゅうせい》も例外ではなかった。

演劇部部長も務める彼は同じく演劇部に所属する副部長の東福寺珠季《とうふくじたまき》に対し、強いライバル心を抱いていた。それは彼女が理系一位の成績を誇るからだ。

流星にとって唯一、対等の存在。そして対極の存在。それが東福寺珠季なのである。

そんな憎き宿敵であるはずの東福寺珠季と、流星は今、微笑ましく談笑をしながら、放課後の部活動に向かうため、新校舎から旧校舎へ繋《つな》がる中庭の渡り廊下を歩いていた。

そこで、大勢の生徒から注目を再び浴びる。

「キャー、演劇部カップルー！」「尊いー」「頭脳明晰、容姿端麗の二人が並ぶとやっぱり華があるわー」

朝の人垣に加え、放課後にもこういった注目を浴びることは、学園の有名カップルになってしまった流星たちにとって、既に当たり前の日常と化していた。

そして、中庭を抜け、旧校舎にその身を入れた途端、二人はピタッと談笑をやめる。

「まだ見られている可能性がある。部室に着くまで油断はするなよ」

「言われなくてもわかってるわ。指図しないでくれるかしら。癪《しゃく》だわ」

無表情のまま二人は小声で言葉を交わすと、そのまま部室のある三階に向かう。

ようやくたどり着いた部室に入り、他の部員が誰《だれ》もまだ来ていないことを確認すると、流星と珠季は同じタイミングでその場に座り込んだ。

「くはぁ～っ！　疲れた～」

「まったく……いつまでこんなこと続けなければいけないのかしら」

「珍しいこともあるんだな。同感だ」

そう言いながら流星は学生カバンを漁《あさ》り、ルーズリーフの束《たば》を取り出した。

そして、それを珠季の前に差し出す。

「ほら、今週分の台本だ」

「げ……ちょっと量が多すぎるんじゃない？」

「細かく注釈を入れないと今朝《けさ》みたいに勝手なことをされるからな」

流星は台本の束をそのまま珠季に押しつける。

「ねえ、これ本当にやらなきゃいけない？」

渡された台本を掲げながら珠季が心底、嫌そうに言う。

「おまえに今どきの高校生らしいカップルを自然に演じられると言うなら、そのまま破り捨ててもらっても構わない。堅物理系のおまえに恋愛のなんたるかが理解できるとは到底思えないが」

「恋愛を理解する行為なんて学業に必要のないことでしょ。そもそも恋愛感情なんて脳内の神経伝達物質による一時の身体的反応に過ぎないのよ。妄想ばかりの文系には難しい話かもしれないけれど」

「妄想を否定するなら演劇部に入部したおまえの行動と矛盾するだろう」

「屁理屈ね。現実とエンターテインメントの区別もつかないの？」

「屁理屈とはおまえの言っているようなことを指すんだ。日本語は正しく使え理系」

「水掛け論で物事をうやむやにするのが得意なのね。いちいち器が小さいのよ文系」

二人きりの部室、いがみ合いがヒートアップしかけたところで、珠季がふと思った。

（……ってことは、この男は恋愛のなんたるかをわかっているってこと？）

珠季は扉に寄りかかり座っている流星の横顔を見る。男子の割にはシャープで綺麗《きれい》なフェイスラインをしている。

（確かにこの男……文系女子からの人気は高い。特に今の一年生はこの人が目当てで入学してきた子も多いらしい。もしかして、もう誰かに告白されて交際しているとか……？　いや、だったらこんな事態に陥《おちい》っていないか。……そうよ。この人に彼女の一人もいないから、今、

私がこんな男と偽カップルを演じるハメになってるんじゃない。そうだ、この男だって恋愛経験に乏しいはずなんだ）

思考を巡らせる珠季の横で、広尾流星もまた、一人、考えていた。

（なるほど……この女が数多《あまた》の男子を振ってきたという噂は何度も耳にしていたが、あれは事実だったらしい。ふ……恋愛感情を科学的に分析しているような女だ。そりゃそうだ。やはり恋愛経験は皆無に等しいということ。そうかそうか。俺《おれ》の見解は正しかったか）

流星は顔に手を添えて無意識に上がった口角が見られないように口元を隠す。

（一方俺は、演劇部の脚本を手掛けるほどになるまで、あらゆる創作のインプットをしてきた。今どきの高校生の恋愛観だってわかる。恋愛映画、ラブコメ漫画、ライトノベル、アニメ……それらを熟知する俺が創作したこの台本に、一切《いっさい》のスキはない。まあ……俺自身のリアルな恋愛経験はないが、それは創作の世界に現れるような理想的な女子がこの三次元にはいないというだけの話………ん？）

そこで流星は珠季から送られてくる視線に気づいた。

（なんだ……？　見られている。なぜだ。もしかして、俺が女子と二人きりのこの空間に耐えられず、大量の脇《わき》汗をかいていることがバレたのか……？　いや、これは別に東福寺に対しての脇汗ではないんだ。相手が女子ならば誰だろうと、俺は脇汗をかいていた。つまりただの生理現象。ぐっ……それはそれで俺が女慣れしていないことがバレていることになるんじゃないか？　クソ……そもそもこの女、なんでこんないい匂いがするんだ。女子と二人きりだということを余計に意識してしまうじゃないか）

一方、珠季もいまだ、熟考を続けていた。

（なぜこのタイミングで手を口元に……？　口元……いや、鼻を隠している？　まさか……私が男子と二人でいることに緊張し、体温が上昇したことで発生した汗の匂いが、空気中に拡散してあの男まで届いたとか……？　それで鼻をふさいでいるの⁉）

珠季はすぐに視線の位置を前に戻し、腰を床に着けたままゆっくりと流星から離れた。

その行動に流星が反応する。

（距離を取られた……⁉　も、もしや、俺が奴《やつ》の匂いを意識していることに気づき、気持ち悪いと思われた……！　そんな気持ち悪い男と偽カップルを演じるのなんて嫌だという意思表示か……。これ以上気持ち悪がられないように少し離れよう……）

そして、流星も座ったままの姿勢で、珠季との距離をさらに離す。

もちろん珠季はそれを見逃さない。

（やっぱり！　私を避けている……！　そんな露骨に反応しなくてもいいじゃない。ああ、そう、意思表示ってことか。そもそも私と偽カップルを演じるのが嫌ってわけね）

そして、珠季は勢いよく立ち上がり、流星を睨《にら》んだ。

「そんなに嫌なら、私たちは交際してませんってあなたが公表しなさいよ！」

珠季が突然取った行動に驚く流星だったが、彼も立ち上がり応戦する。

「いつ、どのタイミングで俺が嫌だと言った！　台本にケチをつけて、先に嫌がっている素振りを見せたのはそっちだろう！　そっちが公表すればいい！」

「文系理系の架け橋だ、理想のカップルだとこれだけ騒がれて、今さら嘘《うそ》でしたなんて言えるわけないでしょう！　元はと言えばあなたが原因なんだから、あなたが責任持ちなさいよ！」

「俺が原因⁉　バカを言え！　おまえがあの日、あんな時間に俺を呼び出さなければこんなことにはならなかったんだろ！」

「何よ！」

「なんだよ！」


さて、そもそも、なぜ彼らが偽カップルを演じることになったのか——。

それは今から一週間前、二学期も始まったばかりの九月上旬に話は戻る。

◆

金曜の夜。時刻は十九時。

部活動を終えた生徒が帰路につく中、流星のスマホにラインの通知が入った。ちょうど流星も家に帰ろうと校門をくぐったところだ。

メッセージはつい先ほどまで部活で一緒にいたはずの珠季からだった。別れてから数分もしないうちになんの用事かと疑問に思いながら、流星はポップアップされている通知をタップして中身を確認する。

『ちょっと中庭まで来て』

人を呼び出すには不躾《ぶしつけ》な内容である。

しかし珠季から連絡が来ること自体、珍しい。

何かあったのかもしれないと少し心配になり、メッセージを既読にだけして流星は踵《きびす》を返した。

来た道を戻り中庭に着くと、腕を組んで仁王立ちしている珠季の姿が流星の目に映った。

珠季は流星がやってきたことを確認するや否や、

「返事くらいしたらどうなの？」

どうやら、先ほどの心配は杞憂だったらしい。

「たいした距離でもないのに、いいだろそれくらい」

「たいした距離かどうかはあなたしかわからないわよね。なぜなら私はあなたがメッセージを開いた瞬間の所在地を把握する術がないから。それともSNSに自分の位置情報を常時公開でもしてるの？　それなら私の見落としだったわ、ごめんなさい」

（呼び出しておいて、よくこんな上からの態度を取れるな、この女は）

しかし、下手に反論しても話が長くなりそうなので、流星は適当にあしらう。

「はいはい、悪かったよ」

「いつも、わびさびだとか、礼儀だとか、形のないものにこだわるくせして、随分と自分には甘いのね」

「だから悪かったって。それより、なんの用事だよ。部活中じゃ済ませられなかったのか？」

珠季はいまだ不服そうな表情を浮かべながらも流星の問いに答える。

「まあ、時系列的に部活動の最中では不可能な話ね。いわゆる私がしたいのは残業だから」

「残業？」

流星も彼女の曖昧な話の進め方に表情を歪《ゆが》ませながら聞く。

「これよ」

珠季が流星に向けて見せたのは、束になった演劇の台本だった。十月末の文化祭用に、流星が書き下ろしたものだ。

「それがどうした」

「文系一位様の文才をアピールしたいのかは知らないけれど、全《すべ》ての演目をオリジナル脚本でやる必要ないんじゃない？　確かに、ストーリー自体はいい物語になってるけれど、既存の作品と違って、オリジナルの脚本にされると、演者としては役の性質をとらえるのに無駄なターンが生まれるの」

「なんだ、俺の脚本に文句をつけたくてわざわざ呼び出したのか。そんなに嫌なら、今から演目の変更を検討したっていいぞ。文化祭まではギリギリ間に合うだろう」

　珠季は流星の言葉に眉間にしわを寄せて、返す。

「誰が、いつ、嫌だなんて言った？」

「いや、今、おまえがだろ」

「嫌だという単語は一度も発していないわ。人の発言を勝手な解釈で歪曲しないでほしいのだけれど。筆者の意図を察するのは試験の中だけにしてもらえる？」

「くっ……いちいち嫌味な女め。じゃあ、何が言いたいんだ。合理主義者らしくハッキリ言え」

「だから……」

「だから？」

「こんないかにもな恋愛物語のヒロイン、どんな心情でいるのかなんて私には理解できないのよ。脚本家であるあなたが指導しなさい」

「指導？」

「そうよ、演技指導」

「ああ、残業ってそういう意味か。つまり居残り練習に付き合ってくれと」

「今日の練習中、何度もヒロインに感情移入しようと試みたけど無理だったのよ」

確かに、稽古中の珠季は決して上手に演技ができているとは言えなかった。むしろ感情が乗っていいなく淡白すぎる演技だ。

しかし、文化祭までの期間を考えればまだ焦《あせ》るような時期でもない。

普通の人間なら、居残り練習までしようとは考えないだろう。

そして、普通でないのが東福寺珠季なのである。

暗がりの中、顔を背《そむ》ける珠季の前で流星は頭をポリポリとかいた。

(こいつ、合理主義者のくせに、こういうところは努力しようとするんだよなぁ。ったく……そんな顔されたら断りづらいだろうが)

背けている頬《ほお》が少し赤らんでいるのを見てしまった流星は、ため息《いき》まじりに答える。

「わかったよ。その代わり、十九時半には校門閉まっちゃうから、少しだけだぞ」

「……あ、ありがとう」

流星の返事に珠季は目線だけ前に戻して言った。

そして、今の表情を流星に見られないよう、そっぽを向いたまま、珠季は心の中でボヤく。

(この文系バカ……なんだかんだ、こういう時には付き合ってくれるのよね)

とりあえず、やるべきことの意思疎通はできたということで、早速二人は学生カバンを脇のベンチに置き、台本を片手に向き合った。

「じゃあ、告白のシーンを読み合わせするぞ。まずは今日の練習通りにやってみろ」

「ええ、わかったわ」

流星は発声しやすいように首元のネクタイを緩める。

「んんっ………こんな夜中に呼び出して悪かったな。実は俺……おまえに伝えたいことがあるんだ」

「キュウニ、ヨビダサレタカラ、ビックリシチャッタ。ツタエタイコトッテ、ダニ？」

「ふざけてんのか」

「ふざけてないわよ」

「練習の時より酷《ひど》くなってんじゃねーか。最後のダニってなんだよ。ダニ呼ばわりしてくる女に告白する奴いねーよ」

「ちょ、ちょっと緊張しちゃっただけよ。うるさいわね、いちいち」

珠季は一度、地面に向かって咳払《せきばら》いをすると、表情を作り直し、セリフを復唱する。

キッと流星を睨んで、氷のような表情を固定したまま、

「急に呼び出されたから、びっくりしちゃった。伝えたいことって――何？」

「怖い怖い怖い。殺し屋かよ」

「は？」

「告白される前にそんな裏社会の人間みたいな顔して待つ女子いないんだよ」

「はい、矛盾。あなた自分の書いた脚本の時系列すら把握できていないの？　このシーンでは呼び出された理由がまだ明言されていない状態でしょう。つまりこの女子は告白されることを知らないんです。あなた矛盾してますね。はい、論破」

「おまえ……それマジで言ってる？」

「は？　何よ、大マジだけれど？」

流星はわかりやすく、はあ～っと息を吐いた。

「知ってるよ」

「はい？」

「告白されること。その女子、知ってるよ」

「いや、知ってるんかい。はい、これでいい？」

「違う違う、ツッコミ入れるところじゃなくて、マジで知ってるの」

「え？　何、ボケじゃないの？」

「睨むなよ。そのキレ方は理不尽だろ」

「どういうことよ。女子が告白されることを知っているなんて台本には書いてないじゃない。あなたの記載ミスじゃないと言うなら、納得できるように説明してくれる？」

と言われても、流星にしてみたら詳しく語るほどのことでもない。状況を考えれば当然のように予想できることなのだ。つまり、

「いきなり夜中に呼び出して、男女二人きりの場ができたなら、普通、呼び出された方はある程度察しがつくんだよ。『今から告白されるんだな』って」

「……？　はあ、そういうものなの？」

いまいち理解していなさそうな珠季に流星は呆《あき》れ顔で答える。

「そういうもの」

「明言されていないのに察しなきゃいけないなんて、やっぱり恋愛って非効率ね」

「おまえ……本当に恋愛観歪んでんだな」

「なっ……。あなただって、どうせ創作で得た知識でしょう」

「はあ？」

流星は、はあ？　としか言い返せなかった。図星だからだ。

しかし、そこで二人はあることに気づく。まったく同時のタイミングで。

（あれ……俺、今なにげにとんでもないこと言ってないか？　夜中に呼び出されて、男女二人きりの場がって……まさに今の俺じゃ……）

（ちょっと待ってよ、それじゃ、もしかして私がこの男を呼び出したことも、そう思われていたってことじゃ……）

（違う、そうじゃない。別に俺は、おまえに呼び出されて、『俺、今から東福寺に告白されるんだな』なんて思っていたわけじゃないからな！）

（ということは、この男、絶対ここに来た時、『俺、今から東福寺に告白されるんだな』って思ってたんじゃない！　だ、誰があなたなんかに告白するってのよ！）

（やばい、東福寺の顔がみるみる鬼の形相へと変化している。奴もこのロジックに気づいたのだろう。誤魔化《ごまか》さなければ……。なんとかこの場を誤魔化さなければ）

流星は左腕を持ち上げて、着けてもいない腕時計を確認しながら、斜め上の方に視線を逃がしながら言う。

「ほ、ほら……もう時間もない、早く続けよう。頭からもう一度行くぞ」

「……わかったわよ」

一方の珠季も羞恥心と謎《なぞ》の興奮が重なり、頭の中がパンクしそうになっていたので、流星の提案を素直に受け入れる。

しかし、これが功を奏した。

二人の中で生まれた妙な緊張感が、演技にリアリティを持たせた。

「こんな夜中に呼び出して悪かったな。実は俺……おまえに伝えたいことがあるんだ……」

「急に呼び出されたから……びっくりしちゃった……。伝えたいことって何……？」

「実は俺……ずっと前からおまえのこと……好きだったんだ！　必ず俺がおまえを幸せにする！　だから……俺と付き合ってくれ!!」

夜空の下、珠季の瞳《ひとみ》がビー玉のように輝いた。そして、ゆっくりと、その震える唇を開く。

「はい……。私もあなたのことが大好きです……。お願いします」

二人は真剣に見つめ合い、風と一緒に静かな時間が流れる。

「東福寺……」

「広尾君……」


「えええええっーーーーーーーーー！！？」


中庭に植えられた桜木の陰から甲高い女子の声が響いた。

突然に上がったその声は、二人を一気に舞台から引きずり下ろし、現実の世界へと連れ戻す。

流星と珠季が同時に振り向いた視線の先には見知らぬ女子生徒が立っていた。

リボンの色を見るに、恐らく一年生だろうと推測できる。学園指定のリボンやネクタイは学年によって色が違うのだ。

桜木に隠れていた女子は、慌てふためいた様子で流星と珠季に向かって弁明を始める。

「違うんです！　覗《のぞ》き見してたとかじゃなくて！　その、私テニス部で！　明日試合あるのに部室にラケット忘れちゃったから取りに戻ってきたんです！　そしたら中庭から声が聞こえて覗いてみたら、お二人が真剣な表情で見つめ合ってたから、つい！」

（覗いてんじゃねーか！）

しかも、学園一の部員数を誇り、ゴシップネタが大好きな女子テニス部。まさに峰藤学園の広報部といっても過言ではない。その部員があらぬ誤解をしているとするならば……。

先に動いたのは流星だ。

「君……何か勘違いしてるんじゃないか？　今のは……」

「ああ！　そうですよね！　文系一位の広尾先輩と、理系一位の東福寺先輩が付き合ったなんて、みんなに知られると面倒ですもんね！」

やはり、既に彼女の中では、広尾・東福寺カップルが誕生しているらしい。

珠季も、さすがにここは共闘するべきだと考え、流星の援護に回る。

「違うのよ。落ち着いて。今のは決して本気であったわけじゃなくて……」

「大丈夫です大丈夫です！　テニス部のみんなには黙っていますし、SNSで拡散とかしませんから！　絶対に！」

（その絶対には絶対に言うの絶対!!）

カシャッ！

（写真を撮るな！！！）

そして、スマホを大事そうに握った女子は、嬉《うれ》しそうに走り去った。

「あっ……！」

駆け出した彼女の背中を目で追いながら流星は声を漏《も》らす。

「目じゃなくて足で追いかけなさいよ！」

「文化部が運動部に追いつけると思うか」

「あなた男子でしょ！」

「ジェンダー観の押し付けはやめてほしいな」

「くっ……！」

　生物学的な男女の筋力差が存在すると同時に、個体による筋力差も存在することなど珠季もよく理解していた。足が速い女子もいれば、足が遅い男子もいるのだ。というか珠季も運動が苦手なので、そこだけは流星の気持ちがわかってしまう。

　だから、とりあえず暴言を吐く。

「うるさいわね。オタク。バカ。ノッポ。ガリ勉」

「ガリ勉はおまえもだろうが」

　しかし言い争いをしていても事態は好転しない。

「どうするのよ。あの子絶対に明日テニス部で言いふらすわよ」

「……まあ、それは免れないだろうけど、所詮は誤解から生まれた話だ。大したことにはならないだろ」

「そうかしら」

「だって俺とおまえが付き合うなんてありえないだろ？」

「……ま、まあ、そうね。あなたと私が付き合うなんてありえない話ね」

「ああ、まったくもってその通りだ。それとも何か、おまえは……ほ、本当に俺と付き合いたいとか……そんなこと思ってたりするのか……？」

「な……っ、バカじゃないの！　そんなこと思うわけ……ないじゃない」

「……そうだよな……」

「あ……あなただってそうよね？　私と本当に付き合いたいだなんて……もしかして思ってたりする？」

「ば……バカ言え。誰が……そんなこと」

「そ……そうよね」

「だから、そんな事実無根の噂なんて広まりようもない。……気にする必要ないだろ」

「確かに……気にする必要ないわね」

「ないない。数人の間で多少話題にはなるかもしれないが、すぐ収まるよ」

「そうね」

なんとも言えない空気が二人の間に流れ、しばしの無言が続いた。

そして、珠季が言う。

「もう練習はいいわ。帰りましょう」

「そうだな。帰ろう」

二人はお互いの顔を見もせず、ゆっくりと校門へと向かった。

◆

そんなこんなで、週末はあっという間に過ぎ去り、迎えた月曜日。

新校舎の廊下は、多くの生徒でごった返していた。

その人混みを作った台風の目となっているポイントは二箇所。

まずは文系クラス、二―Aの教室、広尾流星が座っている席だ。

「広尾君おめでとう!!」

「東福寺さんと付き合えるとかさすがだな流星！」

「広尾君から告白したって本当⁉」

（うわあああああああああああ!!）

流星は両耳を塞《ふさ》ぎながら机に突っ伏していた。

（あのテニス部の女子！　ありとあらゆるSNSで拡散しやがって!!　何が『#演劇部カップル』だ!!　何が『#文系理系の架け橋』だ!!　てか、あん時撮った写真堂々と載せやがって、肖像権の侵害だろ!!）

同時刻。台風の目は理系クラス、二―Gの教室にも発生していた。

「東福寺さんおめでとう！」

「文系一位の広尾君を捕まえるなんてさすが東福寺さんだね！」

「素敵！　まるでロミオとジュリエットだわ！」

珠季もまた、奇しくも流星とまったく同じ体勢で机に突っ伏していた。

（ああああああああああああああ！　なんでこんなことに!!　落ち着け、落ち着け珠季！　素数を数えて落ち着くのよ！　1、1、2、3、5、8、13……ああ、これはフィボナッチ数列だわ!!」

汗で頬にへばりついた横髪を乱暴にかき分け顔を上げる珠季。そして、あることを思いついて立ち上がった。

（こうなったのもあの男が訳のわからない恋愛物語を演目にしようとしたせいよ。あいつに誤解を解くよう言いに行ってやる！）

群がる人混みを押しのけて珠季は廊下へと出る。

向かうは二—A。キュッキュッキュッとワックスのかかった廊下を蹴《け》りながら、早足で進む。

しかし、予想外のことが起きた。

視界の奥から、流星がこちらに向かってきたのだ。

（ふ……向こうも同じことを考えているのかしら。教室まで足を運ぶ手間が省けてちょうどいいわ）

まさに珠季の推察通りだった。

流星も同じく珠季に責任を押しつけるため、廊下を歩いているのだ。

(何もかも、誤解されるような時間に呼び出した、あの女が原因だ。お……ちょうどいいところに現れたじゃないか東福寺)

廊下は二人の姿を追いかける生徒たちで押し合いへし合い、まるでお祭りのような賑わいを見せている。

その中央で互いに睨みながら足を進める流星と珠季は、各クラスのちょうど中間地点でかち合い、静止した。

「あら、広尾君。奇遇ね」

「ああ、東福寺。ちょうどおまえに用事があったんだ」

噂の新カップルが早速揃《そろ》ったとなればヤジウマたちの興奮も最高潮。

二人の声もかき消されるような歓声が上がっている。

それを利用して、小声で珠季が切り出した。

「早く、この噂は誤解だと、あなたが公表しなさいよ」

「何を言っている。それはおまえの仕事だろ東福寺」

「なんで私なのよ。これはあなたの責任でしょ」

「ふざけるな。おまえの責任だ」

「あなたよ」

「おまえだ」

そんな攻防をしている二人の元に、青色のネクタイとリボンを付けた男女が駆け足で寄ってきた。首元の色は学年で分かれる。緑が三年生、赤が二年生、青が一年生。つまり彼らは一年生だ。まだあか抜けていない幼さが見える二人である。

「あの……広尾先輩、東福寺先輩！」

やってきた二人の内、男子が流星たちに声をかける。

「ありがとうございます！」

見知らぬ後輩から出た急なお礼の言葉に、流星と珠季は言い合いをやめて彼を見る。

その目は純粋で真っ直《まっす》ぐだ。

「実は、僕たち……中学の頃から付き合ってまして、同じ峰藤学園に入学できたことは嬉しかったんですが、ずっと進路のことで悩んでたんです」

突然の展開に周りのヤジウマも声を抑え、一気に注目が彼らに集まった。

流星と珠季も何事かと耳を傾ける。

次は女子の方が男子の手をギュッと握って話し始めた。

「私は理系……彼は文系に進みたいと考えているんですが、峰藤学園はあまり文系と理系の関係が良くないと、あとから聞きまして……交際を取るか、進路を取るか、夜も眠れなくて……

う」

（いや、そんな大げさな）

流星と珠季は二人して同じことを思うも、案外周りの人間は彼らに共感しているらしく、深く相づちを打っている。

そして、目頭を押さえている女子の肩を抱いて、男子は流星たちを綺麗な瞳で見つめ、言った。

「でも、もう堂々とできます！　僕たちは付き合っていても、それぞれの道に進める。進路と交際を両立できるんだと。だって、文系一位の広尾先輩と、理系一位の東福寺先輩がお付き合いしているんだから！　お二人がこんな時代錯誤な価値観を吹っ飛ばしてくれたんですよね！　本当に嬉しいです……。僕たちもお二人みたいな素敵なカップルを目指します！」

あまりの眩しさに流星と珠季は二人して目を逸らした。

「よっ！　文系、理系の架け橋！」『学園一のカップル！」

追い打ちをかけるようにヤジウマからガヤが飛び始める。

「四人で写真撮りなよ！」『うんうん！　インストに上げよ！」「動画撮ってテックタックに上げる！」『ほらほら両カップル寄って寄って！」

廊下に妙な一体感が生まれ始め、一年生カップルも嬉しそうな表情で流星たちに身を寄せた。

このままではまずいと、流星は焦りを見せるも、多勢に無勢。一度動き出した波は止まらない。

珠季も流れに逆らわなければと抵抗の糸口を探すが、そんな悠長な時間はなく、気づけば二カップルが並ぶセットポジションに着いていた。カメラマンは四方八方でスマホをスタンバイしているので、もう逃げ場はない。

そして、流星と珠季は一瞬だけ目を合わせたあと、苦笑いを浮かべながら、全校生徒に向けて、互いの人差し指と中指を交差させ、ハッシュタグのポーズを作った。

「「ハッシュタグ、文系理系の架け橋ー」」

カシャッ――。

それは恐らく、二人史上、最も声が揃った瞬間であった。

◆

現在に戻る。

ある程度、罵倒のしあいを終えた流星と珠季は、気だるそうに、再び部室の床に腰を下ろす。

結局、それぞれのプライドが許さず、自分の責任で嘘を公表することができなかった二人。

その結果たどり着いた解決策……いや、妥協案が『台本を作ってカップルを演じ続ける』ということである。

そして、二人は互いに顔も合わせず、こんなことを思うのであった。

(俺の台本は全て既存のラブコメ作品を参考にしている。この堅物女もラブコメのかわいらしいヒロインを演じていたら少しはしおらしくなるかもしれん。……まあ、その結果改めて俺の文才に魅力を感じ、万が一にも惚《ほ》れてしまったと言うなら……その時は、考えてやらんこともない)

(どうせ、この台本も全部現実味のないラブコメから引用してるんでしょ。まあ、この創作バカもラブコメという人間の行動と逸脱した模造を演じてればそのうち、私がいかに合理的かつ論理的な思考の持ち主か気づくでしょう。それで私のことをどうしても尊敬してしまい、身の程知らずに私と本当に付き合いたくなったなんて言い出したなら……べ、別に検討してやってもいいけど)

嘘を公表できないというプライドの高さは、別の戦いへとシフトしたのであった。

TAKE2 演劇部

演劇部の部室は旧校舎の三階にある。

元は音楽室として使われていた部屋で、他の部活が使用している部室と比べ、若干、年季が入っている。

その部室で流星《りゅうせい》は一人、パイプ椅子《いす》に座りながら台本のチェックをしていた。

この台本というのは珠季《たまき》との偽カップルを演じるための台本……ではなく、十月末にある文化祭に演劇部が披露する演目の台本だ。

舞台は田舎の高校。都会から転入してきた高飛車《たかびしゃ》なヒロインとの学園恋愛ものである。

「うーん……。やっぱり、舞台が田舎だし、衣装はブレザーより学ランとセーラー服がいいよな」

そう言って流星は立ち上がり、隅の音楽準備室に向かった。

音楽室には六畳ほどの準備室が付属している。

演劇部では、そこを衣装や小道具を収納する倉庫として使っているのだ。

「しかし、人の噂も七十五日なんて言うけれど、あの告白の誤解から二週間経《た》っただけでもうヤジウマたちから騒がれることもなくなったな」

おかげで部室までの道のりをわざわざ二人揃《そろ》って歩く必要もなくなった。しかし、それは決して生徒たちの興味が二人から遠のいたというわけではなく、ただ単に、公式カップルとして学園内で定着したというだけ。もちろん、流星も、そんなことはわかっていた。

「はあ……いちいちカップルを台本通りに演じるのも骨が折れる……ん？」

音楽準備室の戸に手をかけたところで流星は一旦《いったん》、口をつぐむ。

ガタッ。

開かない。

「またか……」

ここ最近、音楽準備室の戸が開きにくい。

経年劣化で建付けが悪くなっているのだろう。

古い木造校舎だ。あちこちガタが来ていても致し方ない。

「ふんっ！」

腕に力を込めて戸を引いてみる。

ガラガラガラッ！

「ふう。だいぶ開け方のコツも摑《つか》んできたな」

中に入るとやけに空気が澄んでいる。

辺りを確認してみると、案の定、奥の小窓が開いていた。

「誰《だれ》だ開けっ放しにしたのは、まったく」

埃《ほこり》っぽい倉庫の中が換気済みなのは結果的に好都合だったが、几帳面な流星にとって、『開けっ放し』という事実が癪《しゃく》に障《さわ》る。

我ながら面倒な性格をしているなと思いつつ流星は窓を閉めるため奥に進んだ。

そしてこれまたギギギと建付けの悪い窓を閉めた、その瞬間である。

「うわあああああああああああ‼」

流星は悲鳴を上げた。

足元に人影があったのだ。

「いやあああああああああああ‼」

その人影もまた同じように悲鳴を上げる。

「何してるんだ東福寺《とうふくじ》‼　びっくりしたなあ！」

「急に大きな声を出さないでよ広尾《ひろお》君‼　驚くじゃない！」

その人影は、衣装ケースの影でかがんでいた、東福寺珠季であった。

「い、いるならいると言えよ！」

「あ、あ、あなたが急に入ってきたんでしょ！　早く出ていきなさいよ！　癪だわ！」

「な……！　出ていけだと？　なんて傲慢な奴だ。戦国時代でもあるまいし、ここはおまえの領地なのか？」

「うるさいわね。ていうか、こっち見るな！」

「しまいには、見ることすら許されないとは……！　俺《おれ》を犯罪者とでも思ってるのか」

「その犯罪者になりたくなかったら早く出ていって！」

「さっきからおまえは何をそんなに……あっ」

珠季の姿を見て、ようやく流星は彼女が慌てふためいている理由を察する。

そして顔を赤くして、視線を逸らした。

「お、おまえ……その格好……」

珠季は下着姿に、演劇で使う小道具の大きな布を一枚纏《まと》っているだけだった。布の隙間《すきま》から白いブラの紐がチラッと見える。

「見るな！」

「見てない！」

「嘘《うそ》つけ！」

「嘘ついてない！」

嘘だった。

視線を逸らしながらも、眼球が持てる最大限の範囲で、流星は珠季の姿を見ようとしていた。

(くっ……理性とは別の何かが俺の脳を支配しようとしている。戻ってこい……戻ってこい俺

「そもそも、おまえはこんなところで、なぜそんな格好をしてるんだ！」

の理性！）

「そ、それは……」

当然の質問を投げかける流星に、珠季は困った様子を見せながらモジモジとする。

「うるさいわね！　どうでもいいでしょう、そんなこと！　癪だわ！　変態覗《のぞ》き魔！」

（私が、文化祭で演じるヒロインのイメージをしやすいように、衣装のセーラー服着て自主練しようとしていたなんて、言えるわけないじゃない！）

「どうでもいいことあるか。事情ぐらい説明しろ」

「事情なんて説明したら、私が……！」

「おまえが？」

（私が広尾君の考えた脚本に真正面から向き合っている女みたいで恥ずかしいのよ！）

「そもそも着替える途中で来るな変態！」

「話が振り出しに戻ったな。なんなんだまったく……とにかく早く服を着ろ」

流星はそう言って、準備室の出口に向かった。

（窓が開いていたのはこいつがいたからか。もう学ランを探すどころじゃないな）

そして戸に手をかけたところで、再びガタッとあの音が鳴る。

「くっ……またか」

「何してるのよ。早く出なさいよ変態。覗き魔」

「変態は許すが覗き魔はやめろ」

「変態がよくて覗き魔がダメなラインがわからないわね」

「抽象的か具体的かの印象の差だ」

「言葉のニュアンスにこだわるなんて文系らしいわ」

「うるさい」

先ほど摑んだ開け方のコツを駆使して、さっさとこの気まずい空間から逃げようと流星が手に力を入れたその時である。

戸の向こう側から女生徒の声が聞こえてきた。

「お疲れ様です！　日比実々花《ひびみみか》ただいま参上しました！　って誰もいない。おかしいな……。さっき音が聞こえたのに。ああ、準備室か」

流星と珠季の顔が同時に青白くなった。

「やばい、日比だ。日比が来た！」

「わかってるわよ！　早くそこ開けなさいよ！」

緊急事態に、準備室の奥でかがんでいた珠季も立ち上がる。

「おまえはバカか。今ここを開けたら日比にこの状況を見られるだろう！」

「な！　え、ああ、えっ、ああ、開けちゃダメ！　絶対開けないで！」

「わかりやすくパニクるな！」

「何よ！　自分だって慌てているくせに！」

お互いに向き合って口論する中、戸の奥から足音が近づいてくる。

「あ、やっぱり声がする！　部長ー、副部長ー、いらっしゃるんですかー？　一年Cクラス、日比実々花がやってきましたよー」

そんな呑気《のんき》な声に珠季は自分が下着姿だということも忘れて、流星に言う。

「どうするのよ！　なんとかしなさいよ！」

「落ち着け！　こういう時にあらゆるパターンを想定した偽カップル用の台本を渡しているだろう！」

「こんなパターンの台本なかったわよ！」

「道端でバッタリ知人と会った場合の台本があっただろう。あれにアドリブを加えて応用しろ！」

「無茶言わないでよ！」

ガラガラガラッ。

息つく暇もなく、ノータイムで準備室の戸が開いた。

こういう時だけスムーズに開くものである。

「あ、やっぱりお二人いらっしゃった！　もう、本当に仲がいいんですね！　って、わああああああああああああああああああああ!!　副部長が下着姿!?」

もう遅い。舞台の幕は上がってしまった。そうなった以上、流星は考えることなく、羽織っていたブレザーを脱ぎ、東福寺珠季の彼氏を演じ始めた。

「ほら、東福寺。そんな格好じゃ風邪ひくぞ」

そして、そのままブレザーを珠季の肩に掛ける。

「うん、ありがとう」

珠季も瞬時に顔を作り対応する。

そんな二人を見て、日比実々花は口と目をかっぴらいて、言う。

「え、あ、え、どういう状況ですかこれ」

それに流星が余裕のある表情で答える。

「ああ、今度の文化祭でやる演目の衣装合わせをちょうどしていてな。今終わったところだ」

「いや……でも、副部長の衣装合わせはいつも女子同士でやって……」

「やっぱりヒロインの衣装は総指揮を取る俺が直接選んだ方が効率いいと思ってな」

「副部長、し、下着姿ですよ!?」

「そうだが?」

「そうだがって、え、ええ!?」

「別に問題ないだろう。だって俺たち、付き合ってるんだから」

「きゃー」

流星の言葉に実々花は顔を真っ赤《まっか》にしてうずくまってしまった。

「この二人の関係、大人すぎる……尊い」

そして、顔面を両手で覆《おお》い、ニヤニヤしていた。

どうやら苦し紛れの言い訳が通用したようである。

それもそのはず。

演劇部一年女子日比実々花は、流星と珠季に心酔する、生粋《きっすい》のカップル厨なのである。

◆

「はあ〜びっくりしました〜。それにしても二人とも、さすがに校内ではもう少し自重してくださいよ」

広い部室の中央でパイプ椅子に座り、実々花が言った。

向かいには流星と珠季が並んで座っている。まるで三者面談だ。

演劇部、一年の日比実々花。

内巻きボブに大きな丸メガネがよく似合うかわいらしい女子だ。いわゆる丸メガネと言うのだろうか、昔は図書委員キャラの代名詞だった丸メガネも今やオシャレアイテムの一つである。

「ああ、悪い。次からは気をつける」

流星は、さっさとこの話題を終わらせたいと、適当に返事をする。

隣を見れば珠季が不機嫌そうな表情を浮かべているからだ。よほどさっきのアドリブが気に食わなかったのだろう。

「でもでも、誰もいない部室でひっそりと二人の愛が育まれるのも、それはそれでいいかもしれません。お二人はもうどこまで行ったんですか？」

「日比、あまり調子に乗るなよ」

「ひいっ！　すみません、部長！」

もちろん彼女も流星たちが偽のカップルであることは知らない。

純粋に二人が付き合っていると思っているのだ。

「副部長。部長とはどこまで行ったんですか？」

すかさず流星が返す。

「いや、諦《あきら》めろよ！　俺がダメなのに東福寺なら行けると思った算段はどこでついたんだ！」

「ひいっ！　すみません！」

「まったく能動的ビビりめ」

「能動的ビビり？」

「こっちの話だ」

ビビりのくせに積極的に首をつっこみたがる実々花に流星がつけた呼称だ。三次元女はどうしてこう、人の恋愛話が好きなのかと流星は呆《あき》れる。実々花の場合は恋愛話というよりはゴシップ好きなだけだが。

「でも私お二人が付き合うことになって本当に嬉《うれ》しいんです。それまでは二人ともお似合いだなーって思ってたのになかなか付き合わないから、いやゴタゴタしてねーでサッサと付き合えよって思ってましたもん」

「日比さん、ちょっと口が悪いんじゃない？」

さすがにだんまりだった珠季も口を開く。

「ひいっ！　すみません！」

「それに誰がこんな男とお似合い……うぐっ」

珠季が何を言おうとしたか察した流星がとっさにその口を手でふさいだ。

もごもごしながら珠季は流星を睨《にら》む。

(何するのよ！)

(それはこっちのセリフだ。俺だってお似合いという言葉には思いっきり反論してやりたいが、そんなことしたら偽のカップルだということがバレるだろ)

(く……)

珠季は言い返すことができず、ゆっくりと流星の手をどけて口を尖《とが》らせた。

（かわいくない女だ）

（ムカつく男ね）

そんな二人を見て実々花は呑気に言う。

「あ～、また部室でイチャイチャしてる」

「「してない!!」」

「ひいっ！　すみません！」

そんな中、ガラガラと部室の入り口が開いた。

「お疲れ様です。遅くなりました」

やってきたのは実々花と同じく演劇部の一年生、有崎紫燕《ありさきしえん》だ。

スラリとしたモデル体系で身長は珠季よりも高い。紫のインナーカラーが入った長髪をツインテールに結んでいたり、クールな顔立ちの割に前髪がぱっつんだったりと、ちぐはぐな容姿をした不思議な女子である。

「お疲れ様、紫燕」

「お疲れ様です、珠季先輩。言われていた生徒会への申請書を提出してきましたが、その場で却下されました」

紫燕がパイプ椅子を珠季の横に置いて、座りながら言った。いや、そこに並ぶと席の配置バランス悪いだろと流星は心の中でツッコむ。

「案の定ね。あの生徒会長、癪だわ」

「おい、東福寺。生徒会への申請書ってなんのことだ？」

「部費増額の申請よ。準備室の戸が建付け悪いでしょう？　いい加減、直しておきたくて」

珠季は副部長の他にこの部の経理も兼任している。部費関連は珠季の担当だ。

「ああ……なるほど。だけど、なんで却下されたんだ？　設備の修理代補助としてなら部費増額の正当な理由になるだろ」

それに答えたのは直接生徒会に行ってきた紫燕だ。

「生徒会長が文系だからです」

「はあ？」

流星は突拍子もない答えに間抜けな声を上げてしまった。生徒会長が文系であることと、部費の増額になんの関連性があるというのだろうか。

「広尾部長も文系と理系の派閥争いはご存じですよね？」

「まあ、知ってはいるけど」

珠季との偽カップルをやめられないのもそれが原因の一つだ。

「水面下で行われていたその派閥争いも、お二人のおかげでだいぶ落ち着いたようなのですが、どうも今学期から新しく就任した生徒会長は例外のようでして。いまだ文系か理系かにこだわっているそうです」

紫燕の説明に珠季が補足する。

「あの生徒会長は露骨に文系贔屓するのよ。逆を言えば理系を露骨に冷遇する」

「それがわかっているので理系の珠季先輩じゃなく、一年の私が申請書を出しに行ってきたのですが」

流星はだんだんと話の流れを理解し始める。

「文系理系の選択は二年生からだしな。うん……それなら、なおさら却下される理由がわからないな」

「生徒会長に君は文系と理系、どっちに進むんだって聞かれたんです」

「なんかドラマに出てくる悪徳な政治家みたいだな。まあでも、文系って答えれば贔屓してくれるんだからわかりやすいか」

「理系って答えました」

「いや、なんでだよ」

「それはもちろん珠季先輩が理系ですので、私も必然的に」

「おまえはそんなことで自分の進路を決めるのか！」

「私は珠季先輩の一部みたいなものですから。そうですね例えるなら臓器ですかね。肝臓とか」

「なんか気持ち悪いこと言い始めた！」

紫燕は珠季の太鼓持ちでもある。その信者っぷりに流星は若干の恐怖を覚える。

横を見れば珠季がいつものことのように澄ました顔をしていた。慣れているのだろう。

「ということで、広尾部長。生徒会長の説得をお願いします」

「……そうなるか」

「ええ。そうなります。文系一位の広尾部長が直談判すれば一発かと」

「断る」

流星は腕を組みながら堂々と紫燕の提案を拒否した。

「珠季先輩、断られました」

「なんで私に振るのよ」

「広尾部長が珠季先輩の彼氏だからです」

「か、か、彼氏って！」

「え、違うんですか？　まさか、実は付き合っていなくて偽のカップルを演じているなんてことはないですよね。え、まさか、そうなんですか？」

「付き合ってるわよ！　彼は私の彼氏！」

珠季は顔を真っ赤にして紫燕に答える。

「では、この頑固な広尾部長を説得してください。大方、この仕事は経理がやることで部長である自分が出る幕じゃないとでも思っているのでしょう。珠季先輩もこの方の性格は重々承知ですよね。この演劇部がたった四人しかいないのも、広尾部長が原因なんですよ。四月の入部希望者は三〇人もいたのに入部オーディションが厳しすぎて残ったのは私と実々花だけ。追加オーディションしようと提案しても、決まったもんは決まったもんだと自分の意見を変えない。本当に面倒なお方ですよ。文系一位だかなんだか知りませんが、お勉強はできても頭自体は固いようで。退部すればいいのに」

「おい、有崎。泣くぞ?」

「これは。心にもあることをつい口走ってしまいました」

「せめて心にもないことを口走れよ」

と言いつつ、紫燕の流星に対する考察は正しかった。生徒会長に自分が直談判しに行くのは別に構わない。しかし、経理の仕事を部長が代行すると、役職の意味がなくなる。ルールに例外は極力持ち込まないのが流星のポリシーだった。というか、経理の仕事なのだから、それをこちらに任せたいなら、珠季本人が頭を下げて頼むべきだと思っていた。というか、珠季に頭を下げさせたかった。

(くくく……いい機会だ。いつも偉そうなその首を垂れて俺にお願いしますと言え東福寺)

一方、珠季は悩んでいた。

紫燕の言う通り、流星の性格は嫌というほど把握している。

部員数のことも間違いなく流星が原因だ。元々演劇部は人数が少なく、珠季が入部した際は先輩も二つ上の三年生しかいなかった。三年生の先輩が卒業してからは、しばし流星と二人きりという寂《さび》しい期間もあった。しかし自分で言うのもなんだが、珠季目当て、そして流星目当ての一年生が何人も押し寄せ、今年は賑やかな部活動になるはずだったのだ。それが今やこんなだだっ広い音楽室にポツンと四人。この寂しい風景が広尾流星という男の面倒くささを物語っている。

(正直、私が頭を下げて頼めば、この男はニヤニヤしながら生徒会室に行くだろう。けれど……けれど、そんなこと私のプライドが許さない)

ゆえに、悩む。

(準備室の戸が重いのはどうにかしたい。広尾君と違い筋力のない我々女子は、開閉の度にかなりの労力を使っている。戸の放置は効率的じゃない)

瞼をパチパチさせながら、一時の羞恥と長期的な利便性の狭間で揺れている珠季。

その表情を確認して流星はほくそ笑む。

(悩んでいるな東福寺。悩め悩め。二兎を追う者は一兎をも得ずという言葉が今のおまえにお似合いだ)

そんな流星の余裕に横目で気づいた珠季は、

(ぐうう……ムカつくぅ。これは私だけの問題じゃないのよ。後輩たちだって困ってるんだから。男子と女子とは先天的な筋力差があるってことも察せないのかしら文系は)

しかし、そこで珠季は活路を見出した。

（……ん、待てよ……察していないならば……察しがつくようにすればいい。ふふふ……そうよ、だって私はこの男の彼女なんだもの）

「そうよね。これは広尾君の仕事じゃないわ。でも……理系嫌いの生徒会長が相手なら、私の意見は通らないし……諦めるしかないわね」

そう言いながら珠季は二の腕をおもむろに、そして意味ありげに逆の手で押さえた。

それに反応したのは実々花だった。

「どうしたんですか副部長。腕でも痛むんですか？」

「ああ……うん。さっき準備室に入る時にやっぱり戸が開きにくくて。ちょっと力を入れすぎたみたい」

後輩からふわりと上がったパスを見事にトラップし、珠季はシュート態勢に入る。

視線を一瞬だけ下に向け、俯《うつむ》いた状態から素早く流星に向ける。

そして、

「広尾君は簡単に開けられて、さすが男子ね」

柔らかな口調で、はにかみながら言う。全身全霊のあざと女子を演じながら。

（ふふふ……どうよ広尾君。普段から三次元の女は興味ありませんみたいな顔してるけれど、所詮はあなたも生物学的にはオス。特に霊長類のオスは視覚情報からの性的興奮を覚える。こ

の私の潤んだ瞳《ひとみ》を見て黙っていられるほど、脳内に刻まれた本能は騙《だま》せないはずよ）

「まあ、俺はある程度コツを掴んだから……」

「コツなんてあるのね。あっ……痛っ……」

「お、おい、大丈夫か？」

「うん。明日はまた筋肉痛かしら」

確実に動揺を見せている流星の姿を確認し、珠季は優勢であることを確信する。

（さらに女子がこれだけ負担を感じているという事実を、具体的に突きつけられたことによる罪悪感。さあ、広尾君。あなたはどうする？　仮にも恋人である私がこんなにも困っているのよ。それでもあなたの安っぽいポリシーというものを優先する？）

しかし、流星が動揺したのは一瞬。実のところすぐに冷静さを取り戻していた。

文系一位の成績を誇るだけの頭脳の持ち主。

短い時間で珠季の行動を分析したのだ。

（東福寺が明らかに恋人モードのスイッチを入れたな……しかし、こんなパターンの台本は類似のものもなかったはず。だとすると……）

「ああ、なら戸を開けるコツを教えてやるよ。それと筋肉痛には部分的なストレッチがいいみたいだぞ。俺がよく見てるストレッチ動画、共有しようか？」

「え？」

　珠季はつい素のリアクションをしてしまう。

(東福寺のあざと攻撃は後輩二人にカップルであることをアピールするための言動じゃない。意図的に俺のみへ向けたアピール。概ね、罪悪感を植えつけて、自発的に俺が生徒会長に直談判するような運びにしたいのだろう)

「どうした？　動画より直接教えたほうがいいか？」

「あ、いや、ううん。大丈夫。ありがとう」

　珠季の表情が若干ひきつる。

(くそ……この男。具体的なアドバイスなんて必要としていないのよ)

(ふ……浅はかだったな東福寺。何事も計算で生きているからそうなる。人間ていうのは下心が透けると感情を動かされないんだよ。もっと創作物に触れて、いかにして人の心が動くのか学んだ方がいいんじゃないか？)

　余裕の笑みを浮かべる流星。

　折れない流星の態度を見て、珠季も状況がイーブンに戻ったことを察する。

(こちらの作戦に気づいたか……さすが文系一位の広尾流星というわけね。だけど、そっちがその気ならばこちらも負けじと、オスの本能に訴えかける作戦を断行するまでよ)

　珠季はわざとらしく体を揺らして、肩を流星にゆっくりとぶつける。

「あ、ごめんなさい。それにしてもやっぱり男子の肩ってたくましいわね。ちょっと触ってもいい？」

「え？　あ、ああ」

流星の肩を白い指で撫でるように触る珠季。

「やっぱり、簡単に戸を開けられるのはコツというより、このたくましい肩のおかげじゃないかしら。ね、広尾君？」

これが自分の武器を最大限に活かした攻撃だ。男女間のスキンシップで効果的なのは肩から二の腕に触れることである。珠季はチャームポイントに上げるくらいには、白く綺麗《きれい》な指に自信があった。

その指で流星の肩を優しく掴みながら、上目遣《うわめづか》いで流星を見つめる。

口をつぐんだまま。

決して自分から『お願い』とは言わない。

あくまで流星から『俺が生徒会長を説得する』と言わせるのだ。

そして、珠季が仕掛けた、この駆け引きに流星は……、

（さっきから色気を使って俺を懐柔しようって魂胆が見え見えなんだよ東福寺。三次元の女に興味のない俺がそんな小細工に惑わされるとでも…………クソ‼　カワイイ‼　なんなんだこの女は‼　心臓がバクバク言ってしょうがないじゃないか‼）

「と、東福寺。ちょっと近いような」

「え……、今さら何言ってるの？　だって私たち、付き合ってるじゃない」

　珠季の言葉に流星はさらに追い詰められる。

（うおおおおおお！　そこで付き合ってることを確認するのは反則だろ‼　いや付き合ってはないんだけど‼）

　心が折れかけている流星。この戦いにおいて完全に有利を取った珠季はというと、

（ああああああああ！　冷静に考えたら私、なんだかとんでもないことしてない⁉　今さらになってすごい恥ずかしくなってきたんだけど！）

　自分のキャパを見誤り、自滅していた。

　互いに硬直する流星と珠季。

（騙されるな流星。確かに奴《やつ》は容姿だけで言ったらとてつもなく美人だ。しかし、中身は冷徹で計算高い理系女なんだ。これも全部、計算で行っている行動。こんなことで感情を動かされるな！）

（ていうか、広尾君スラッとしてる割に肩けっこうガッシリしてるんだ。……って何を考えてるのよ私は！　落ち着け……これは駆け引き。そう、ただの駆け引き）

（東福寺め、いつまで腕を掴んでるんだ。卑怯《ひきょう》な手を使いやがって……しかし、俺は負けんぞ）

（広尾君、あなたが折れれば終わる話よ。いい加減、降参しなさい。こっちだって限界なんだ

から)

そんな二人のやり取りにあっけなく終止符を打ったのは実々花だった。

「あのー、そんなにイチャイチャするくらいなら、二人で生徒会室行ってきたらどうですか?」

「「へ⁉ イチャイチャ⁉」」

援護射撃が紫燕からも入る。

「広尾部長、その緩みきった表情で今さら断るだなんて説得力ないこと言いませんよね?」

「俺の表情が緩みきってるだと?」

「はい」

紫燕の言葉で流星の敗北を確信し、満足気にする珠季だったが、

「僭越《せんえつ》ながら、珠季先輩もです」

「私も⁉」

「はい、ゆるゆるです。ですので、実々花の言う通り、もう二人で行ってもらうってことでいいですよね?」

まるでレフリーのごとく、クールに判定を下す紫燕を見て、流星は諦めたようにため息をついた。

「わかったよ。それでいいな東福寺」

「ま、まあ……広尾君がいいなら」

「もう申請書の受付時間過ぎてるから、また別日で」

「わかったわ」

結局、今回の戦いは後輩たちに軍配が上がったようだ。

◆

その夜。

自室で偽カップル用の台本を書くためデスクに向かっていた流星は、ふと壁の方に目をやった。

ハンガーに掛かったブレザーを見て、放課後のことを思い出す。

(そういえば、色々あってうやむやになっていたけれど、あのブレザーに下着姿の東福寺が袖《そで》を通したんだよな……)

三秒ほど、思考が止まったあと、すぐに頭を横に振る。

(何を考えているんだ俺は……。で、でもちょっとだけなら)

流星は椅子から立ち上がり、ブレザーの方に足を進めた。

そしてハンガーごと両手でブレザーを持ち上げる。

ゴクリ……。

喉《のど》を鳴らしながら、ゆっくりとブレザーを鼻に近づけ……、
バンッ——！

「流星いる？」

「うおっ、母さん！　急になんだよ」

部屋の扉が勢いよく開き母親が顔を覗かせる。

「新しい消臭剤買ってきたからブレザーよこしなさい。って、ちょうど持ってるじゃない」

「え、ちょ、ちょっと待って」

「この消臭剤、いい匂《にお》いがするって評判なのよ。ほら」

シュッシュッと、スプレーのレバーを引く母。吹き出す霧。

「ああ……！」

「はい、完了。匂いかいでみなさい」

母に言われるがまま流星は、消臭剤のかかったブレザーを鼻に持っていった。

「うん、いい匂いがするよ」

フローラルな香りだった。

TAKE3　幼馴染み

広尾流星《ひろおりゅうせい》には理想がある。

ラブコメアニメに出てくるような純朴なヒロインと、ヒューマンドラマ映画のようなドライブに出かけ、ミステリー小説で起こるような事件に巻き込まれたい。

そこで生まれた恋こそ真実の愛であり、一緒に困難を乗り越えた相手こそ理想の女性である。

要約すると広尾流星は創作の世界に没頭するがあまり、理想が高くなりすぎ、恋愛観をこじらせているのだ。

その結果、三次元の女に興味を持てなくなってしまった。

といっても女子とコミュニケーションがまったく取れないわけではない。むしろ慣れているほうである。

なぜなら女子の幼馴染みがいるからだ。

「おい、流星」

「なんだよ、瑠璃《るり》。今、読書してるんだ。邪魔しないでくれ」

朝のホームルーム前。教室で文庫本を片手に姿勢よく座っていた流星は、そっけない返事をする。

目の前の席に座ったクラスメート、そして幼馴染みである南山《みなみやま》瑠璃は、体ごと流星の方に向け、文庫本をすくい上げる。

「あ、おい。何すんだ瑠璃」

「バカ兄。今週の報酬がまだだぞ。さっさと光星《こうせい》の寝顔写真よこせ」

ハイトーンの茶髪をポニーテールでまとめているこの女子は、流星の弟である広尾光星にゾッコンなのである。つまり、まだ中学三年生である弟の寝顔写真を、その兄貴に盗撮してこいと要求しているのだ。

なかなかにクレイジーな幼馴染みである。

しかし、瑠璃の無茶苦茶な要求を断れない理由が流星にはある。

「ほらよ。今、共有したから確認しろ」

「ちょいまち……うむ、よろしい。ぐふふ、光星ちゃん今日もかわいいねえ」

「いつも思うが、おまえ家《うち》にしょっちゅう来てるんだから自分で撮れよ」

「そんな恥ずかしいことして光星にバレたら嫌われるだろ」

「弟の寝顔写真撮る俺《おれ》もなかなかリスキーなことしてるんだからな」

「その見返りはちゃんと渡してるだろ。ほら、新しいスタイリング剤。ボタニカルのヘアバームな」

「ヘアバーム？　初めて聞く名前だな」

「セット力のあるヘアオイルみたいなもんだよ。手に取りすぎた分はハンドクリームとしても使えるぞ」

「ふーん。今回はワックスじゃないんだな」

「おまえだいぶ髪伸びてきたからな。ワックスよりヘアバームの方が扱いやすいし、ナチュラルなツヤ感出るんだよ。いつも言ってるけど付けすぎには気をつけろよ」

「ああ、わかった」

流星は弟の写真を瑠璃に売ることで、見返りにコンサルティングを頼んでいる。ヘアスタイル、ファッションやスキンケア、清潔感の出し方など、外見的なことはもちろんのこと、女子から見たカッコイイ男子の立ち居振る舞いや話し方を含めたセルフブランディングにおける、トータルコーディネートを任せているのだ。

これは文系一位として恥じない男子になろうという、流星なりの努力である。

「本当はメンタルよわよわの泣き虫流星ちゃんが、学園の代名詞となるまで人気になったのもあたしのおかげだね」

「おまえの功績がデカいのは間違いないが、前半の部分は余計だ」

「おうおう、小さい頃はいつもあたしと光星に守られていたバカ兄がよく言うようになったもんだ」

「うるせー奴《やつ》だな。ほら、スタイリング剤の金出すからレシートよこせ」

「ああ、今回はいいよ」

「はあ？　なんでだよ」

「彼女できた祝いで私のおごりにしてやる」

「か……彼女できた祝いって……まあ、そう言うならありがたく貰《もら》うけど」

「まさか流星があんな大物ゲットするとはね。怪しげなDVD買って催眠術でもマスターした？」

「そんなDVDどこで売ってるんだよ」

「三次元恐怖症は克服できたわけだ」

「誰《だれ》が三次元恐怖症だ。三次元の女が理想とは程遠い存在であることは変わりない。おまえを筆頭にな」

流星は瑠璃の持っていた文庫本を取り返して、ぶっきらぼうに言った。

「ありゃ、捻《ひね》くれは治ってないようだ。こりゃ東福寺《とうふくじ》さんもお気の毒だ。まあ、デートプランなんかに困った時はまたあたしを頼りなさい。幼馴染みのよしみで教示してやるよ」

「ふん、余計なお世話だ」

不機嫌そうな流星の態度を見てもケラケラ笑っている瑠璃。いわゆる根明《ねあか》というか、生まれながらにしたカーストトップ女子である。光星への偏愛さえなければ、珠季《たまき》に並ぶほどモテただろう。

そんなことを思いながら流星が読書に戻ろうとした時である。

「おい、流星」

「なんだよ。やっぱりスタイリング剤のお代欲しくなったか?」

「いや、あれ。お姫様の登場だぞ」

瑠璃が顎で流星の視線を誘導する。

教室の入り口。

明らかに周りとはオーラが違う女子が立っていた。

珠季だ。

「東福寺が文系クラスの方に来るなんて珍しいな。誰かに用でもあるのか」

「いや、おまえだろ。アホか」

「そんなわけあるか」

台本がない状態で二人が揃《そろ》うとボロが出る可能性が高い。

なので極力、必要以上の接触は避けようというのが偽カップルを演じるにあたって、初めに作った取り決めだ。

理系らしく何事も計算で動く珠季が、早々にルールを破ることもないだろう。

そう思い、チラッと流星は珠季の方を見た。

すると、さっきまでキョロキョロとしていた珠季の視線が止まり、流星と目が合った。

そして、そのまま固定される。

（え、俺なのか？　いやいや、そんなはず……）

隣でじれったそうに瑠璃が横槍を入れる。

「ほら、彼女が待ってるんだから早く行けよ」

（いや、奴の探している人間が、まだ俺と決まったわけじゃ）

珠季がチョイチョイと流星を見ながら手招きする。

（俺なのかよ！）

「ほれみろ。やっぱ流星目当てじゃないか。彼氏を探しに別のクラスまで来る女子。いやー、しおらしくてかわいいねえ」

「ちっ」

「あんなかわいい彼女に手招きされて舌打ちする奴があるか。ったく、照れ隠しか知らないけど、幼馴染みとして恥ずかしいよ、あたしは」

「おまえに恥ずかしいと思われようが、俺の人生になんら影響はない」

捨て台詞を残して、仕方なしに流星は珠季のいる入り口に向かった。

（確かに瑠璃の言う通り、手招きをする東福寺は少しかわいかったな……って、俺は何をくだらないことを）

流星が珠季の元へたどり着くと、教室中の視線が集まりざわめき始める。

「演劇部カップルだ」『様になるな』『仲いいんだな」

(言わんこっちゃない)

「東福寺、なんの用だ。取り決めを忘れたか？」

周りに聞かれぬように小声で、そして険のある言い方で流星は問い詰める。

「『必要以上』の接触を避けるっていうのが取り決めの文言だったと思うけれど？　それとも文系のくせして『必要以上』って言葉の意味知らないのかしら」

流星よりもさらに尖《とが》った態度を取る珠季。

「必要な用事でもあるってわけか？」

「呆《あき》れた。昨日の今日でもうこれだもの。生徒会室に行くって約束したじゃない」

「ああ、そのことか」

「今日の放課後行くから、部室行く前に待ってなさいよ。逃げないでよね」

「誰が逃げるか」

「あなたなら逃げかねないと思ってね」

「口数の多い女だな。ちゃんと行くよ」

「ふん。ならいいけれど」

一貫して冷たい口調で言い放つ珠季だが、ここまで表情は穏やかな笑顔だ。

声はボリュームを下げれば周りに聞こえないが、顔だけはそうもいかない。

あくまで仲のいいカップルの密談を装っているのだ。

それは流星も同じだ。

この表情と会話の内容がチグハグというのは案外疲れるもので、用が終わったなら、もう席に戻って読書の続きをしたい流星だったが、なぜだか珠季は立ち去る様子を見せない。

まあ、相手が動かなかろうが、こちらには関係ないと踵《きびす》を返そうとした瞬間、珠季の口が再び開いた。

「ところで」

「なんだ」

「前の席の子と、やけに仲がいいのね」

「はあ……？」

一瞬、流星は珠季の言っていることがわからなかった。

前の席の子とは……？

振り返り、自分の席を見て、そしてその前に座っている瑠璃を見て、ようやく理解する。

「瑠璃のことか」

「る、瑠璃……？　へえ、下の名前で呼んでいるのね。女子とそんなフランクな関係を築いているなんて、妄想オタクのあなたにしては珍しい」

「余計なお世話だ。そもそも瑠璃とは……」

(ん、ちょっと待て。もしかしてこの女……)

「東福寺、おまえ。妬《や》いてるのか?」

「はあ?」

「そうか、カップルを演じているうちに俺の魅力に気づいてしまい、瑠璃と仲良く喋《しゃべ》る姿を見て嫉妬《しっと》してしまったか」

(かわいいところもあるじゃないか東福寺。おまえもようやくラブコメヒロインに一歩近づいたな。そうかそうか。嫉妬するほどに俺のことが気になってしまうなら、このまま本当のカップルになってやらんこともないぞ)

「広尾君……」

「どうした」

(東福寺め、目が細くなるほどに俺のことを見つめたりなんかして。バレてしまったならと早速、惚《ほ》れてるアピールか。まあ、素直な女子は嫌いじゃない)

「広尾君は、日常会話レベルの話題をそんな妄想で変換するほどまでに、私のことを異性として意識していたのね。まさか、あなただけ、偽のカップルを演じてるうちに本気になっちゃった?」

「な……! そ、そんなこと」

「そんなこと？　そんなこと、なんなのかしら？」

「そんなこと……ない」

「なら、いいんだけれど」

流星の力ない返事に珠季は、ふんっ、と肩にかかった髪を後ろに弾く。そして、こんなことを思っていた。

（あぶない！　セーフ!!　なんなのよ、この男！　危うく私が、この男のことが好きで、他の女子と楽しそうに喋っていることがどうしても気になってしまって、やっぱり同じ文系同士の方が相性いいのかしら、なんて思っていた嫉妬心丸出しの女子になるとこだったじゃない）

そんな珠季の焦《あせ》りも知らず、流星はというと、

（え、ちょっと待って、俺今めっちゃ恥ずかしくない？　相手はまったくそんなつもりもないで何気なく発言したことを意気揚々と嫉妬認定するなんて、本当に東福寺の言う通り、こっちが逆に意識してるみたいじゃないか。恥ずかしい……くそ……ここを誤魔化《ごまか》すには、目には目をだ）

「はは、冗談のつもりで言ったんだけど。そんなマジになるなよ東福寺。まるで図星をつかれたみたいな反応だぞ」

（くく……我ながらなんて完璧《かんぺき》な返しだ。これで俺は恥ずかしくない！　恥ずかしいのはおまえだ東福寺！）

自信を取り戻した流星の滑らかな返しに、珠季は一瞬の間を置き思考する。

（え、なんなのこの人。そういうおまえこそ論法は反則じゃない？　ていうか、終わりかけた話題をそのまま流さないで水掛け論に持っていくなんて、普段の冷静な広尾君らしからぬ判断ね。もしかしてこの男、焦ってる？　ということはさっき私がした苦し紛れの反論が思った以上に刺さってる。つまり……なるほど、やはりこの男、私のことを本気で好きになってしまったのね。ラブコメみたいな台本を演じることでシロクマ効果のように私がいかに合理的かつ論理的な思考の持ち主か気づいてしまい、尊敬の念がそのまま恋心に繋《つな》がったと。まあ、無理もないわ。べ、別にそこまで本気と言うなら、そのまま本当のカップルになってやらないこともないけれどね）

「お、おい東福寺」

「…………」

「東福寺？」

「あ……」

（しまった。長考しすぎた。もうこのタイミングで何かしらの返答をしても、これじゃ逆に私がマジになってるみたいになる。そんな恥ずかしいことできるわけない。仕方ない、ここは……伝家の宝刀を出すしかない）

「くだらない。癪《しゃく》だわ」

そう冷たく言って、珠季は流星の顔も見ずに、その場を去った。

遠のいていく背中を見て流星は、口を開けたまま固まる。

(やばい、東福寺の奴、怒ったかな。ちょっとしつこすぎたか。あそこは大人な態度を見せて流すのが正解だったかもしれない。ああ、一分前に時間を戻したい)

ショボショボと席に戻る流星に、待ち受けていた瑠璃が声をかけた。

「ずっとニコニコしながら二人で話してたけど、なんの用事だったの?」

「え?　あ、ああ……。部活のこと」

「いや、さっきまで東福寺さんとあんなに楽しそうだったのに、そのテンションはおかしいだろ。席に戻ってくるまでの数秒間で何があったんだよ」

(そりゃ表情だけは作ってたからな。傍《はた》から見たら楽しそうに見えるだろう)

「別に……何もないよ」

「どうせ、会話中の些細《ささい》なことが気になって一人で勝手に落ち込んでるんだろ。本当、メンタルよわよわの繊細男だな、おまえは」

「うるせー」

さすが、幼馴染み。ほぼ正解だった。

「ほれ、これやるから元気出せ」

ほい、と飲んでいた パックの乳酸菌飲料を流星の前に差し出す瑠璃。

「いや、飲みかけじゃねーか」

「贅沢言うな」

「へーへー」

目の前に出されたストローに口をつけ、中身を吸い出す。うまい。

「元気出たか？」

「少しな」

「よろしい」

こういう時だけは気が利《き》く幼馴染みなのである。


文系の教室から理系の教室へと戻る珠季は、一人、廊下を歩きながら頭を抱えていた。

（あ〜〜っ。あれで切り抜けられたかしら。切り抜けられたわよね？　いや、切り抜けられてない気がする〜）

切れ味が悪い伝家の宝刀である。

自分のキャラ的につい、この怒ったフリに甘えて、照れ隠しや困った時に多用してしまうのだが……。

（今回は使いどころじゃなかった気がする〜）

珍しく猛省していた。

しかし、すぐに本来の自分を取り戻す。

（は……っ。何を私は語尾に波線なんて付けているの。別にあんな男にどう思われたって関係ないじゃない）

そしていつものように、理系一位の美少女として颯爽《さっそう》と廊下を歩いた。

（あ～～っ。でもやっぱり使いどころじゃなかった気がする～）

◆

「なるほど……それでわざわざ文系一位の成績を誇る広尾君が、僕のところまで来てくれたというわけだね」

夕方のオレンジ色が窓から射《さ》す生徒会室で、大層なデスクに座った生徒会長、水宗尊《みずむねたける》が言った。

正面に立つ流星は、チラッと横の珠季を見てから水宗に返事をする。

「はい、まあ。部活動をするにあたって支障が出るので、部費として申請後、戸の修理代に当てたいと考えています」

「ああ、敬語じゃなくていいよ。同じ二年生なんだし。それに僕は文系の生徒として広尾君を心底、尊敬してるんだ」

「それじゃあ。お願いできるかな生徒会長」

「しかし、それはそれ。残念ながら広尾君の頼みといえどもイエスを出すのは無理だね」

「何でさ」

文系贔屓の生徒会長だから自分が行けば許可を貰えるだろうということで、ここに来たのに、話が違うぞと流星は再び珠季の方を確認する。

珠季は一点を見つめ何を考えているのかわからないような表情だった。

「広尾君。確かに僕は君のことを尊敬……いや崇拝すらしている。だからこそ一つだけ解せないことがあるのさ。なぜ君ほどの優秀で頭のいい男が、こんな理系女と交際しているのかってことがね」

水宗の視線が珠季に向いた。

「そのことは今回の件と関係ないだろう?」

「関係あるんだよ。なぜなら僕は理系女が大嫌いだからね！」

どうやらこの生徒会長は筋金入りらしい。

そこでようやく珠季が口を開いた。

「広尾君、帰りましょう。この男に何を言っても無駄だわ。骨折り損で悪かったわね」

珍しく珠季が流星に謝った。

流星は三度、珠季の顔を確認する。生徒会室に入った時から不機嫌そうではあったが、そのイライラが今にも爆発《ばくはつ》しそうな様子が見てわかる。

「おいおい珠季。誰が君に発言権を与えたんだい。ここは生徒会室。その長は僕。つまり理系女の君に発言権はゼロだということだよ」

「うるさいわね。そのげっ歯類みたいな小さい口を閉じてなさいよ。ああ、文系にはげっ歯類ってわからないかしら。成長し続ける門歯が特徴で、ネズミやリスを代表とした比較的体の小さな種が多い哺乳類のことよ。まさに口も器も小さなあなたのようね、尊」

水宗が放ったトゲのある言葉に、すかさず倍以上のトゲを装飾して返す珠季。

流星は二人の会話に少しの違和感を覚えるも、まずはこの険悪なムードをどうにかしようと割って入る。

「まあまあ、二人とも落ち着いて」

「何よ、同じ文系仲間だからってあなたもこのアホ生徒会長の味方をするわけ？　所詮は文系がいいってわけね」

「なんか、いつにも増して文系に対する当たりが強いな。ほら、それじゃあ生徒会長と主義が変わらなくなるぞ」

「こんな奴と一緒にしないでくれる」

ビシッと人差し指で水宗をさす珠季。

「珠季、君は人を指でささないと小さい頃に学ばなかったのかい？　これだから野蛮な理系女は嫌だね」

「嫌でけっこう。こっちもあんたみたいなナヨナヨした文系男子願い下げだわ」

「誰がナヨナヨしてるって?」

「あんたよ尊。聞こえなかったかしら?」

「僕はナヨナヨしてるって言われるのが理系の次に嫌いなんだ」

「そんなの知ってるわよ。だから言ったの。ナヨナヨ尊ちゃん」

「貴様ぁ! もう絶対許さない! 僕の全権限をもって演劇部には一円の部費増額を認めない!」

流星は頭を抱える。

(結局こうなるなら、俺はなんのためにここに来たんだ……)

そしてため息が口から漏《も》れたその時だった。

バンッ——と生徒会室の戸が開き、腕に『副会長』と書かれた腕章を付けた女子が入ってきた。

そして水宗の座るデスクの上に承認の印が押された申請書を載せる。

「はい、会長。先日演劇部から出された申請書、担当の先生に承諾を得てきました」

「な……! 副会長、何を勝手なことを!」

しかし水宗の言葉を無視し、副会長は流星たちを見る。

「ああ、演劇部のみなさん。ちょうどよかったです。戸の修繕は校舎の備品として学園の予算で行うそうです。名目としては部費増額になりませんが、申請内容自体は通しておきました」

あっけにとられながら流星は返答する。

「あ、ありがとうございます」

「ただ、学園指定の業者が繁忙期のようでして、修理の日取りは追っての報告になるそうです」

「わかりました。また詳しい日程が決まったら教えてください」

「かしこまりました。本日はうちのバカ会長がご迷惑をおかけしたようで申し訳ありませんでした」

「こら、副会長！　僕が演劇部に迷惑をかけたなんて、今さっき来たばかりの君に何がわかるっていうんだ！」

「廊下に会長の声がダダ漏れでしたから。古い確執にこだわるのは勝手ですが、生徒会として恥を晒《さら》すのは控えてくださいね」

「偉そうに、君も確か理系だったな」

「わかりましたね？」

「………り、理系はこれだから……」

「わかりましたね？」

「……はい」

副会長はニコッとしながら流星たちに頭を下げる。

全《すべ》て終了しましたという合図である。

どうやらあの生徒会長は、副会長の尻《しり》に敷かれているようだ。

◆

「初めから副会長に頼んでおけばこんな手間必要なかったみたいね。これからはそうしましょう」

「ああ、そうだな」

「何よ。なんかテンション低いわね」

生徒会から部室に向かう道。

珠季はそっけない返事をする流星に不満そうに言った。

「別に。疲れただけだ」

「部長として役に立たなかったからって、そんな落ち込むことないわよ」

「まあ、役に立たなかったのは事実だな」

「なんか張り合いがなくて気持ち悪いわね。本当にどうしたの？　体調でも悪い？」

「体調は悪くないが……」

「じゃあ、なんだってのよ」

「……おまえ、生徒会長と仲いいの？」

「はあ？」

突拍子もない質問に珠季は口を歪《ゆが》ませる。

「いや、下の名前で呼び合ってたから。少なくとも面識はあるってことだろ」

「面識があるかないかで言ったら、大ありだけれど」

「やっぱりか」

「何……？　まさか、あなた嫉妬してるとか？」

（ふふふ……朝の仕返しができるわ）

珠季はニヤニヤして流星に聞く。

「まあ。正直、してるかな」

「へ⁉」

予想だにしていない回答だった。

流星から出た言葉に、珠季の顔に熱がこもり始める。

しかし、その熱量とは裏腹に、流星は淡々と話を続ける。

「おまえって、周りにはクールで秀才な女子を演じているだろう」

「演じてないわよ。失礼ね」

「でも、俺にだけは態度悪いし、暴言吐くし、クールとは程遠い」

「本当に失礼ね。癪だわ」

「それって、素を出せるほど、俺だけは対等な存在に見てくれてるのかなって思ってたんだ。文系、理系それぞれのトップ同士、高みを目指す好敵手として。俺もおまえのことを唯一無二のライバルとして見てきた。でも、おまえにとっては、素を出せる相手は俺だけじゃなかったんだなって」

「それで、落ち込んでるってわけ？　バカじゃないの」

珠季は呆れたように、そして少し嬉《うれ》しそうに言う。

「ふっ、こんなことで落ち込む男だ。物書きってのは太宰しかり漱石しかり、メンタルが繊細な生き物なのさ。笑えばいい」

「あなたいつから物書きになったのよ。ただの高校生でしょ。それに笑ってなんかないじゃない。あいつはただの腐れ縁。幼馴染みってだけよ」

「幼馴染み？」

「そうよ。小学校からずっと一緒の学校なの。昔っから私を目の敵にしてきてね。あいつ、ああ見えて器用で。自転車に乗れるようになったのも、プールで二五メートル泳げるようになったのも、テストで高得点を取った数も、全部あいつが上で、そのたびにマウント取ってくるの」

「うぉ。それはしんどいな」

「でしょう？　でも、あいつが唯一、私に勝てなかったのが、理数科の成績。総合得点では勝てても、そこだけは私の点を一度たりとも上回ることがなかった。それに相当なコンプレックス抱いてるみたいでね」

「それであんなに理系を毛嫌いしてるのか」

「そのくせ、進路は私に絶対勝てる文系を選択するような奴なのよ。大事な進路をそんなことで決めるなんて、仮にも幼馴染みとして、逆に心配だわ」

「そうか……幼馴染みか」

「だから……あいつに素を見せているのは、そもそもがそういう関係ってだけで……あ、あなたに素を見せているのとは、全然違うわ」

「なんだ、ちょっと安心した」

そう言ってこぼれた流星の笑みに、珠季はさらに顔を熱くした。

（何よ、急に……）

「だいたい、あなただって普段、周りに見せている顔と、私に接している時の態度が全然違うじゃない」

「俺は文系一位として相応《ふさわ》しい男を、努力して演じてるだけだからな。同じ立場にいるおまえには演じる必要ないのさ。だからこっちが素だ」

「あっそ」

（もう、本当になんなのよ。そんなこと言われたら……）

「ああ、でも瑠璃にも素だな」

「は？　瑠璃？」

「ほら、今朝《けさ》俺が喋ってた前の席の。それで言うと、実は瑠璃も俺のおさな……」

「……何？　まだ今朝の続きするつもりなの？　しつこいわね。癪だわ」

「いや、違くて。瑠璃も俺の……」

「うるさいわね。ていうか、あなた歩く速度遅いのよ。先に行ってるから」

そう言って珠季は流星を置いて、ズンズンと廊下を歩いていった。

その足音は下の階まで響いていたという。

TAKE 4 お茶会

「広尾君《ひろお》――好き」

「……っ！」

「ねえ、広尾君。私のこの好きって言葉の意味……わかるわよね」

「い……意味……」

「そう。あなたの口から言って。私の本心……」

秋の風が窓からそよぐ古びた音楽室。

文系一位と理系一位の男女が真剣な表情で見つめ合っていた。

さて。

こうなった理由を語るなら、時間を前日に戻って語る必要がある。

◆

「広尾君、この台本は何?」

昼休みの中庭。ベンチで一人、読書をしていた流星《りゅうせい》の元に、珠季《たまき》がやってきてスマホの画面を見せながら言った。

「読書中だ。あとにしてくれ」

「昼休みに一人で読書って友達いないように見えるわよ」

「行いは己《おのれ》のもの、批判は他人のもの、知ったことではない。勝海舟《かつかいしゅう》の言葉だ」

「はあ? 何が言いたいかまったくわからないんだけど。あなた一応ヒト属のホモサピエンスよね? ちゃんと大脳使って端的に答えてくれる?」

「俺《おれ》は純粋に本が好きだ。そして文系一位としての立ち居振る舞いも考えている。その結果が昼休みの中庭に読書をするという行動に至っているんだ。それで感受性に乏しい理系がなんと思おうと俺には関係ない。まあ、もちろん理系全員が感受性に乏しいとは言わない。おまえのような堅物女に向けて言っている」

「立ち居振る舞いを考えてるなら、結局人目は気にしているってことじゃない。矛盾もいいとこね。やっぱり文系って論理的じゃないわ」

「うるさいな。もう、わかったからなんの用だ」

「だから、これ。この台本は何かって聞いているの?」

「ん? ああ、印刷が間に合わなくてな。テキストデータのまま共有したが、やっぱり紙のほうがよかったか？」

「媒体なんてなんでもいいのよ。中身の話」

「中身？　どの台本のことを言ってるんだ」

「このD—7番。タイトル『お茶会』って奴《やつ》よ」

珠季はさらにスマホを流星に近づける。

そんな二人の様子を見て、中庭で昼食を取っていた生徒たちが例のごとく、ざわめき始めた。

「おい、とりあえず横に座れ。怪しまれる」

「仕方ないわね」

事実、座っている男子に女子がスマホを突きつけている構図は、浮気《うわき》がバレたカップルのようで見栄えが悪い。

演劇部カップルは常に学園の清涼剤。文系理系の架け橋でなければいけないのだ。

ゆえに痴話ゲンカをしているような姿は見せられない。

実際は痴話ごとが原因でなくとも毎度ケンカしかしていない二人なのだが。

「ちょうどよかった。俺もその台本について話しておきたかったんだ」

「あら、都合いいわね。しっかりと説明をしてほしいわ」

「この偽カップルを演じるにあたって、最も俺たちが気を配らなければいけないのが部活中だ」

「まあ、そうね。二人が揃《そろ》う時間が一番多いし」

「日比《ひび》なんて俺たちをアダムとイブかのように崇拝しているしな。そこでお茶会をして、俺たちが仲のいいカップルであることを後輩二人の脳に植えつけるんだ。初期の段階でインパクトあるアピールをしておけば、そのあとに多少ボロが出てもカバーできる」

「理屈はわかったわ。最初の印象ってのは大事だものね。でもね、私が引っかかっているのはその『お茶会』って奴よ。何なのよ『お茶会』って」

「お茶をする会だ。みんなでスイーツを食べながら紅茶を飲み、そのあとゲームなんかして盛り上がる。部員間の親睦も深められて一石二鳥だろ」

「うちの部活、演劇部なんだけど？　上級生が引退するとかの特別な日ならまだしも、通常の部活動中に部活以外のことする部なんてないのよ」

「ふ……これだから理系は。いつも言っているが、もっと色々な創作に触れて、方程式では解けない感性というものを磨け」

「はあ？　言っている意味がわからないんだけど」

困惑している珠季に、流星は足を組み得意げに語り出す。

「俺が書いている偽カップル用の台本はあらゆる恋愛創作物を手本にしていることは知ってるな」

「知ってるわよ。あなたが恋愛経験に乏しいから、既存の作品に頼るしかないのよね」

「恋愛経験に乏しいのはおまえもだろ。加えておまえはこんなことも知らない。十年近く前にあったラブコメブーム。そのほとんどの作品では部活動中に部活以外をする部ばかりなのだ！」

「え、そうなの？」

「むしろ、部活動中に部活をしているシーンの方が少ない！」

「どういうこと!?」

「つまり、部活動中に部活以外のことをするラブコメのようなカップルを演じれば、俺たちが付き合っていることに説得力が出るのだ」

「そんなバカな……」

しかし、珠季は納得しかけていた。

（確かに、こと創作物に関しては私よりもこの男の方が詳しい。恋愛ものの作品がそういった傾向ならば、それは若者たちの恋愛観に近いものなのかもしれない）

「嘘《うそ》だと思うなら、部活動中に部活以外のことをする漫画が俺のスマホに電子書籍で入っている。読むか？」

「そうね。ちょっと興味あるわ」

「いいだろう。……ほれ」

書籍アプリを開いて、流星は珠季にスマホを手渡した。

珠季は差し出されたスマホに映る漫画をゆっくりとスクロールしながら読み進める。

確かに流星が書いてきた台本のような展開が繰り広げられている。部活動中に部活以外のことをしている。しかし、

「これ、女の子しか出てこないんだけど？　いつになったら男子出てくるの？」

「その作品に男子は一人も出てこない」

「は？　一人も？」

「ああ、ただの一人もだ」

「あなたラブコメって言ったわよね？」

「ああ言った。たまたまその作品は女の子しか出てこない作品なだけだ。ちゃんと男子が出てくる作品もたくさんある」

「いや、じゃあ参考作品としては間違ってるじゃない」

「なんだ？　東福寺《とうふくじ》は女子同士の恋愛を否定する派なのか？　価値観が古いぞ」

「別にそれは否定しないわよ。だけどこれ、女子同士だとしても恋愛ものには見えないけれど？　まあ、ちょっと距離感は普通の友人関係より近いようにも感じられるけど、どちらかというと日常的な話をテーマにしてるんじゃない」

「百合ってのは読んだ者がどう感じるかの問題だ。おまえがそう感じたなら、否定はしないけれど俺は、そこにいる女子たちこそ、純粋で本物に見える」

「なんか気持ち悪いわね、あなた」

「理系には難しい話だったな」

「さすがにそれは文系理系、関係ない気がするわ」

そう言って、スマホを流星に返す珠季。

流星はそれを受け取り、手に持っていた文庫本を閉じてから言った。

「とにかく、俺の台本通りにすれば、間違いはないから安心しろ」

「うーん、まあ、腑《ふ》に落ちないところもあるけれど、初手の印象よりは理解できたわ。それでこのお茶会はいつやるの」

「そうだな。善は急げと言うし、明日にでもするか。セリフは一晩あれば入れられるな?」

「ええ、それは問題ないけれど、お茶会に必要なアイテムはどうするの?　お茶にケーキ。あとはゲームね」

「ああ、こっちで用意する」

「全部?」

「そうだけど?」

珠季は少し考える。

(全《すべ》て任せっきりってのはさすがに受動的すぎるわね。私が役立たずみたいじゃない。そういえばケーキなら美味《おい》しいところを知っている。女子に人気の有名店だから、それを持っていけば、この男も私の女子力って奴に圧倒されるかもしれないわ。私が計算だけの女だと思ったら

大間違いよ。ふふふ、意外とこんな店も知ってるんだっていうギャップに魅了されて顔を赤らめるところが目に浮かぶ）

「仕方ないわね。ケーキと紅茶は私が用意するわ」

「ん？　そうか。なんか、悪いな」

「いいのよ。それよりあなた、四人で盛り上がるゲームなんて持っているの？」

「ああ、それは任せてくれ」

自信満々の表情で答える流星には、目論見《もくろみ》があった。

（俺はロールプレイングやノベルゲームの知識しかないが、弟の光星《こうせい》が対戦ゲーム好きで、今ちょうど話題のゲームを持っている。そいつを借りて持ってくれれば、東福寺も俺が文学や歴史だけでなく最新のトレンドにも敏感だということにギャップを感じるだろう。尊敬の念を持たざるをえなくなるはず。くくく、生意気な東福寺が光悦な表情を浮かべている姿が目に浮かぶぞ）

かくして、翌日、演劇部はお茶会の日を迎えるのであった。

◆

「お茶会だなんて、楽しみだね紫燕《しえん》ちゃん」

「そうね。急にどうしたのかしら」

扉の向こうから後輩たちの声が聞こえてきた。

旧音楽室の中央に長机と椅子《いす》をL字に並べ、準備は万端だ。

流星は珠季に目で合図を送る。

(いいか、台本通り上手《うま》くやるんだぞ)

(わかってるわよ)

鋭い目線で返事が戻ってくる。

同時に、入り口の扉が開いた。

「お疲れ様です！　日比実々花《みみか》、ただいま参上しました！　紫燕ちゃんも一緒です！」

「お疲れ様です、先輩方」

元気のいい後輩と、対照的にクールな後輩の二人組である。

まず声をかける役目は珠季だ。

「お疲れ様、二人とも。今日は伝えた通りお茶を用意しているから座ってちょうだい」

にこやかな先輩の言葉に、後輩の二人は恐縮そうに着席する。

続いて流星と珠季が隣同士で着席。

スムーズな流れで流星がこのお茶会の趣旨を語る。

「君たちが入部してから半年弱。たまには親睦を深める機会も必要だと思って、今日はこういった会を設けさせてもらった。それに……」

そして、照れくさそうに珠季の方を見る。

珠季は、その視線に柔らかな微笑みで返し、流星の代わりに話を続ける。

もちろんこれらも全部、台本通りだ。

「私たちが付き合い始めてから二人には気を使わせてしまってると思ってね。そのお詫びもかねて色々と用意したから、今日は楽しみましょう」

最後に流星と珠季、二人でお互いを見てニコニコ笑う。

ここまで完璧《かんぺき》な運びである。

「確かに四人しかいない部活で先輩二人が付き合い出したら後輩は気まずいですね。この前なんか準備室でハレンチなことしてましたし」

「こら、実々花やめなさい。先輩方の顔が引きつっているじゃない」

「ああっ！　すみません、そんなつもりじゃないんです。私は演劇部カップル激推しですから。それであれ以来、また私たちの目を盗んでは準備室でイチャイチャしてるんですか？」

「こら。先輩方の顔が硬直してるから。やめなさい」

「ひいっ！　すみません！」

相変わらずの能動的ビビりだと、流星は苦笑いする。

「ところで、準備室でハレンチなことって？」

　紫燕が話をぶり返した。

　もちろん、ゴシップ好きの能動的ビビりはここぞとばかりにテンションを上げ、

「先週、二人でこっそり衣装合わせしてたんだよ。部長が副部長を下着姿にして……あんなことやこんなことまで」

「日比、誤解を生むような言い方はやめろ」

「ひいっ！　すみません部長！」

　実々花の話を聞いた紫燕は表情を変えないまま、

「なんだ。衣装合わせくらい付き合ってる二人ならばいいんじゃないですか？　実々花もそんなことで、いちいちはやし立てるのはよしなさい」

「さすが紫燕。大人ね」

　珠季は後輩の冷静な対応に安堵《あんど》の様子を見せる。

「しかし……お二人とも、準備室は気をつけたほうがいいですよ」

「気をつける？　どういうこと紫燕？」

　急な話題転換に一同は紫燕の顔を覗《のぞ》いた。

「あくまで噂の範疇ですが。あそこ、『デル』らしいです」

　その言葉にいち早く反応したのは珠季だった。

「出るって何が？」

「準備室で自殺した女生徒の霊が」

「女生徒の霊？」

表情一つ変わらない珠季の横で、流星は、

「でもそんな噂、去年までいた先輩たちから聞いたことないぞ」

「ええ、ですから噂程度の話だと思ってください。昔、演劇部で恋愛のいざこざがあったらしく、付き合っていた彼氏を他の部員に取られた女子が、その苦痛に耐えられず、準備室の棚に縄を通して首を吊ったらしいのです。広尾部長が知らなかったのも、去年の先輩方が怖がらせないように黙っていただけかもしれませんね」

「非科学的ね」

珠季がピシャリと返した。全員の注目が集まる中、珠季の解説が始まる。

「心霊現象と言われるうちのほとんどはプラズマか明晰夢《めいせきむ》で説明できるわ」

「プラズマはなんとなく聞いたことあるな」

流星が言う。

「かいつまんで言うと、分子が電離されてできた状態がプラズマね。プラズマの発光が霊現象と勘違いされることもあるけど、プラズマ化するにはそれ相応のエネルギーが必要だし、私は明晰夢のパターンが多いと思っているわ」

「明晰夢？　夢の中で自由に動けるって奴か？」

「正確には半覚醒《かくせい》状態で見ている夢のことよ。うたた寝を想像するとわかりやすいかしら。金縛りはまずこれが原因。簡単に言えば脳が記憶から構築した幻覚ってことよ。だから霊なんているわけないの」

すました顔で言う珠季。

そんな珠季に流星は静かに、

「東福寺」

「何？」

「手がめちゃくちゃ震えてるぞ」

「は、はあ？」

「いや、ほら、おまえの手の振動でデスクがものすごくガタガタ言ってるんだけど」

「言っていることがわからないけど。もしかして広尾君、紫燕の話に本気で怖くなって話題を変えようとしてる？　しょうがないわね、じゃあ今度、お祓いでもしましょうか。まあ、私はお祓いなんて非科学的なこと信じてないけれど、プラセボ効果ってのはあるからね。みんながそれで安心するなら別にいいんじゃない。じゃあ、今夜にもお祓いしてくれる有名なところ検索してみるわ。できる限り早めに予約申し込みもしといてあげる」

「めちゃくちゃ早口だな」

すまし顔を維持している珠季の横に、いつの間にか立っていた紫燕が言う。

「まあ、私も理系志望なので心霊現象は信じてません」

「そうでしょ。さすが紫燕は頭がいいわね」

「だけど……」

突然、珠季の肩をガッと紫燕の手が摑《つか》み、

「あんまり部室でイチャイチャしてると、女生徒が怒りますよ……ほら今も準備室から彼女が見てる‼」

「きゃあああああああああああああ‼」

悲鳴を上げて流星に抱きつく珠季。

「落ち着け東福寺！　ど、どうせ作り話だ」

「はい、広尾部長の言う通り、私の作り話です。怖がる珠季先輩が見れたので満足です」

「ちょ、何なのよ紫燕」

「紫燕ちゃん怖かったよ〜」

「有崎《ありさき》、勘弁してくれ。東福寺の顔が青ざめてるぞ」

「べ、別に、声に驚いただけよ」

「驚かせてしまって、すみません。それでいつまで珠季先輩は広尾部長に抱きついているんですか？」

「あっ……ごめん！」

顔を赤らめ即座に珠季は流星から離れた。

「お、おう……」

流星も照れながら返事をする。

そんな二人を見た紫燕は。

「まったく、仲がよろしいことで。本当に作り話だと、いいんですがね……」

とニヤリと笑った。

全員が苦笑いした。

流星が凍った場の空気を変えようと、机の下でチョイチョイと珠季の腕を触り、合図を出す。

台本に戻そうという合図だ。

珠季も察し、

「じゃ、じゃあお茶を淹れましょうか。ケーキも買ってあるからね」

「ああ、そうだな。紅茶は俺が淹れるから、東福寺はケーキの準備を頼む」

二人で立ち上がると、紫燕が言った。

「珠季先輩、手伝います」

「いいのよ、紫燕。私たちでやるから」

「ああ、なるほど。これは無粋でした」

珠季と流星の共同作業という状況を察したのか紫燕は口をつぐむ。

何はともあれ流星と珠季の仲いいアピールはそれなりに効果を発揮しているようだ。

流星は用意していたティーカップを並べ、紅茶を注《そそ》ぐ。そこへ珠季が紙皿と白いケーキ箱を持って席に戻ってきた。

そのケーキ箱を見て、実々花が目をキラキラさせる。

「あっ、ここのケーキすごい美味しいって有名なところのだ」

実々花の反応に流星がつい台本以外の言葉を口から漏《も》らしてしまう。

珠季はその言葉を聞き逃さなかった。そして、後ろを向いてガッツポーズした。

(よしっ。広尾君、露骨に感心した表情を浮かべちゃって、わかりやすいわね。私のセンスに魅了されるのがちょっと早すぎるんじゃない?)

「へえ、そうなんだ」

珠季はニヤニヤしながら振り返り、得意げにケーキ箱に手をかける。

箱を開くと純白のショートケーキが四つ並んでいる。

次のセリフは流星のアドリブ。ケーキを見てリアクションする場面だ。

(さあ、あなたはどんなリアクションをするのかしら? あまり絶賛しすぎると後輩たちが逆に怪しむかもしれないから控えめにしてちょうだいね。フフフ)

実々花と紫燕が箱の中で煌《きら》めくショートケーキを見て、美味しそうと喜ぶ中、全員分の紅茶を淹れ終わった流星が、ようやくそれに続きケーキ箱の中身を覗いた。

珠季は、流星の言葉を待つ。

待つ。

（ん……？）

いくらなんでもリアクションが遅い。

気になった珠季は、流星を確認した。

ティーポット片手に、憮然とした表情を浮かべこちらを見ている。

そして、咳《せき》ばらいをしながら一言。

「東福寺ちょっと」

珠季は状況を把握できないまま、ティーポットを片付けようと机を離れる流星のあとを追う。

後輩たちには声が届かない距離まで来てから、

「何よ。アドリブのリアクションはどうしたの」

「おまえ……台本しっかり読んだか？」

「読んだわよ」

「この部分、台本では俺がケーキの箱を開ける。そして、おまえが美味しそうとリアクションしてから、ケーキ選びにみんなでしばし談笑と書いていたはずだ」

「ええ、そうね。日比さんや紫燕の反応を見て臨機応変に対応できるよう、あえて談笑という抽象的な言葉で余白を残したのでしょう？」

「そうだ」

「だから何よ。あなたがケーキの箱を開ける部分が私に変わっただけじゃない。むしろ予定変更したことでファーストリアクションはあなたのアドリブになったはずよね。何ボサッとしてるのよ」

「ケーキ選びができないだろ」

「は？」

「四つともショートケーキだったらケーキ選びで談笑できないだろ」

「……は？」

「おまえわざと俺を怒らせようとしてる？　普通こういう時はショートケーキにチョコレートケーキ、チーズケーキにモンブランと、それぞれ別の種類を買って、みんなの好きなものを選ばせるんだよ」

「いやいやいや。何をそんな非効率的なこと言ってるの」

「非効率だぁ？」

「あのね、私はあえて同じショートケーキで揃えているの。全部、種類が違ったら好きなものが被った時に遠慮や無駄な衝突が生まれるじゃない。そんなタイムロスを生むリスクを抱えるくらいなら、初めから全部、同じ種類にして全員平等。効率的」

「無駄な衝突を生むためにやってんだよ」

「はあ？ 頭おかしいのあなた？」

「おかしいのはおまえだ。種類が違うことで、『私はこれが好き』『俺はこれがいいな』と、ワイワイして、好きなものが被った時には『じゃあ、ジャンケンだな』『よーし、負けないぞー』ってキャッキャキャッするんだろ。それを総じて談笑と言うんだ」

「何よその小学生みたいなやり取り。面倒ね。たかがケーキの種類で」

「おまえには風情というものが欠片《かけら》も感じられないな。たかがケーキ、されどケーキ。小さなキッカケから人はコミュニケーションを発展させるんだ。それによって、ああ日比はチョコレートが好きなんだな、とか、有崎は意外とイチゴが好きなのか、かわいらしいところもあるんだなとか、お互いを知ることにも繋《つな》がるだろ」

「女子はだいたいショートケーキなら好きよ」

「そういうこと言ってんじゃないんだよ！」

つい、流星のツッコむ声が大きくなってしまい、後輩たちが振り返る。

「何かありましたか部長？ ケンカですか？」

「いや、別に大丈夫。何もない。俺たちがケンカなんてするわけないだろ。なあ東福寺」

「ええ、そうよ。私たち仲良しだもの」

「ならよかったですけれど」

安心したのか実々花はまた前を向いてケーキにフォークを通す。

一方、紫燕は実々花に比べ、数秒こちらを見てる時間が長いように感じたが、すぐに彼女も前を向いた。

「ちょっと広尾君。気をつけてよ」

「どの口が言う」

「まあ、もういいわ。あなたの意見はわかったけれど、買ってきてしまったものは仕方ないじゃない。この時間がもったいないわ。さっさと次の展開に行きましょう」

「おまえって奴は……まったく。わかったよ、戻ろう」

そう言って流星は席に戻る。

その背中に向かって珠季はべーっと舌を出した。

（ふん、何よバカ。ちょっとくらい褒めてくれたっていいじゃない）

不満そうに珠季も席に戻るのであった。

◆

「ところで日比はなんで演劇部に入ったんだ？」

珠季の用意してくれたショートケーキを口に運びながら、流星は台本通りの質問を実々花に投げかける。

「私は舞台が好きなので、自分でもやってみたいなぁと思って」

「へえ。どんな舞台を観るんだ？」

「主に2・5次元ミュージカルですね。アニメとかを実写化した舞台と言えばわかりやすいでしょうか」

「ああ、なんとなく聞いたことはあるな」

流星の隣で紅茶をすすっていた珠季も口を開く。

「素敵な理由ね」

ちなみに実々花がどんな理由を述べていたとしても、これは台本に組み込まれているセリフだ。

そして、そのまま台本を進める珠季。

「紫燕は？　どんな理由で演劇部に入ったの？」

「私は珠季先輩がいるからです」

「言うと思ったわ」

流星は自分で台本を書いておきながら、このやり取りいるのかと思うような往復に呆《あき》れつつ、純粋な疑問としてアドリブで紫燕に質問する。

「有崎はいつからそんな東福寺信者になったんだ」

「中学からです。同じ中学でしたので。ちなみに珠季先輩の顔推しです」

「紫燕。顔以外にも推してるところはたくさんあるでしょう?」

「いえ、基本顔です。顔が好きです」

「あなたね……」

そこに実々花も割って話題に参加する。

「お二人のファンは多いですからね。私もそのうちの一人ですが、私の場合はカップリング推しですね。なので別れないでくださいね」

付き合ったばかりのカップルに別れないでくださいと言うのもなかなかデリカシーがないように感じられるが、たいがい実々花も変わり者なので気にしていても仕方ない。流星はキリのいいところで、次のセリフに移ることにした。

「東福寺はなぜ演劇部に?」

「私は、内緒って前も言ったじゃない」

「ははは、意地悪だなあ」

「そういう広尾君はどうなのよ。なぜ演劇部に入ったの?」

「それは、東福寺が演劇部に入るって噂を聞いてさ」

「もう、調子いいんだから」

「本当だよ」

「もう……バカ。私もね、本当は広尾君が演劇に興味あるって噂を聞いてなのよ」

「あはは。じゃあ互いが互いの噂で入部したわけだ」

「うふふ。そうみたい」

ドヤ。

二人はドヤと後輩たちを見る。

もちろん嘘である。

流星はただ脚本の勉強がしたかっただけだし。

珠季に至っては友達に誘われて入っただけだ。

ちなみにその友達は「なんか思ってたのと違う」と早々に演劇部をやめていった。

しかし、美少女で有名な珠季が入部したと大喜びし手厚く接待してくれた演劇部の先輩たちを無下にするのは気が引けて、友達と一緒にやめることができず、今日まで残ってしまったのである。

（まあ私もこんな完璧な演技ができるようになったのだし、演劇部に入った甲斐はあったということね）

珠季の自信は決して自惚れではなく、実際に効果は抜群であった。

「はわわ～素敵です。当時からお互いを意識していたんですね。そして、とうとう結ばれた……」

「ふふふ。日比さん、そんなハッキリ言葉にされると、少し恥ずかしいわ」

「すみません、つい尊すぎて。私、演劇部に入ってよかったですぅ」

仕込んだ台本が見事に響いているようだ。

お茶会が思惑通りに進んでいることに流星も安堵し、一息つこうと紅茶に口をつけた。

その時である。

何やら鋭い視線が刺さる感覚を覚える。

流星はすかさず、そちらの方を向いた。

有崎紫燕だ。

有崎紫燕が、今から狩りでも始めるオオカミのような目で流星を見ていた。

そして流星と目が合ったことを確認するや否や、口角だけ上げて微笑した。

(有崎……あいつは生粋の東福寺信者。やはり東福寺と付き合ってしまった俺に敵対心を持っているのか？　いや……元々あいつは何を考えているかわからないポーカーフェイスの持ち主だからな。俺の考えすぎかもしれない)

そんなことを考えていると、珠季が肘でトントンと流星の腕を叩き合図を送ってきた。

(ああ、そうだった。次のイベントに移行しなければ)

「よし、じゃあ親睦を深めるために、みんなでゲームでもしようか」

流星は立ち上がり部室の隅に置いておいた紙袋を取りに行く。

「部長、ゲームって何するんですか？」

実々花の質問に、ちょうど紙袋を持って戻ってきた流星は、そこからゲーム機を取り出して、言う。

「これだ。ハンマートーン！　ハンマーで地面を叩《たた》いて自分の陣地を広げていく、ヨンテンドーが出している今話題の対戦ゲームだ」

流星は弟から借りてきたハード機のヨンテンドーチェンジをみんなに見せた。

これで盛り上がって、演劇部の親睦も深められる。

意外とトレンドに詳しいんだと、珠季から評価も上がる。

完璧な作戦である。

そう思って、反応を待っているのだが……どうもリアクションの声が聞こえない。

改めて流星は部員たちの顔を見てみる。

全員ポカーンとしていた。

(おかしい。反応が思っていたものと違う……)

すると、珠季が流星の腕をグイッと掴み、引っ張る。

「広尾君ちょっと」

されるがまま流星は珠季に部室の奥まで連れていかれた。

「あなた、ゲーム詳しくないの？」

「何を言ってる。詳しいからこんな最新のゲームを知っているんだろ」

「……昨晩ネットで調べたのかしら？　いや、ゲーム機自体を持っているってことは誰《だれ》かの受け売りで、借りてきたとかね」

「な、何が言いたい。わかるように言え」

「これ一人しかできないわよ」

「ははは。おまえこそゲームに詳しくないんだな。これは対戦ゲームだぞ」

「あのね、今の対戦ゲームはオンラインが主流なの。これもオンラインの対戦ゲームだから、このソフトをできるプレイヤーは一人」

「バカな……。で、でもオフラインの対戦モードとかあるだろ。昔ながらの。コントローラーも人数分買い足したんだ」

「ないわ」

「そんなはずあるか。それじゃあリアルの友達と一緒に遊べないじゃないか」

「プライベートマッチをすれば遊べるのよ。部屋を作ってそこに各アカウントで合流する。つまり、そのゲームをみんなでやりたいなら、あなたが用意するべきだったのは人数分のコントローラーではなく、人数分のハード機本体だったということね」

「そんな……」

「そもそも私はテレビゲームじゃなくて、テーブルゲームやカードゲームを持ってくるものだと思っていたんだけれど」

流星は衝撃の事実にもう言葉が出てこなかった。

というか、最新のゲームに詳しいところを見せつけたかった相手である珠季の方がよっぽど詳しい。

考えてみれば理系クラスの方がゲームの話題なんかには敏感そうだ。教室にいれば自ずと話が聞こえてくるのだろう。

「恥ずかしい……今からこの失態を挽回できやしないだろうか」

「往生際が悪いわね。諦《あきら》めなさい」

「広尾部長、私に代案がありますよ」

紫燕が言った。

「うわっ！」『きゃっ！」

流星と珠季同時に声を上げる。

「有崎、いつからいたんだ？」

「今来たところですが、まあ、意気揚々と使えもしないゲーム機を掲げたあの部長の姿を見たら、お二人がどんな会話をしているか想像はつきます」

「言い方が酷《ひど》いな」

「まあまあ。代わりに、紙とペンさえあればすぐできる、演劇部にピッタリのゲームを提案しますのでご容赦ください」

「演劇部にピッタリのゲーム？」

「はい。『はぁって言うゲーム』です」

◆

『はぁって言うゲーム』とは与えられたお題を声と表情だけで演じ、他のメンバーに当ててもらうとポイントが入るパーティーゲームである。『ベストアクト』という別名もある通り、まさに演技力が肝《きも》となるゲームだ。

演劇部らしく、それを今からやろうということである。

四人は、手作りのカードが並べられた机を囲み、向かい合って椅子に座っていた。

「本来はしっかりと製品化された専用のカードを使って行うゲームですが、誰かさんが役立たずのおかげで、そんな準備してませんし、今回は紙とペンで代用します」

「有崎、役立たずって俺のことだよね？」

「ルールは簡単です。例えばこの紙に書いてあるテーマの「はぁ」という単語。これにAからHまで八種類のお題が振り分けられています」

紫燕がノートの切れ端で作られたお題カードを見せる。

A　【返事の「はぁ」】
B　【聞き返す「はぁ」】
C　【ためいきの「はぁ」】
D　【見惚《みほ》れる「はぁ」】
E　【失望の「はぁ」】
F　【びっくりの「はぁ」】
G　【悲しい「はぁ」】
H　【といつめる「はぁ」】

「演じる人……アクターにはアクトカードを渡すのでそこに書かれたアルファベットのお題を演じてください。Eの【失望の「はぁ」】を引いたならば——はぁ……」

「ねえ、東福寺。今あいつ俺見て言ったよね？　絶対、役立たずって俺のことだよね」

「いいからちゃんとルール聞きなさいよ」

「……はい」

珠季にたしなめられた流星の横で、紫燕は続ける。

「他のメンバーは解答者となってアクターがどのお題を演じているのか当ててください。当てた人には1ポイント、アクターには当たった人数分のポイントが入ります。アクターが全員に回った時点で、合計ポイントが最も多かった人の勝ちです」

ひと通りのルール説明が終わり、ゲームがスタートする。

最初のアクターは実々花。テーマの単語は『違います』だ。


「違いますっ!」


早速、演技をする実々花の言葉は意外と迫力があって力強い。

流星と珠季は【否定の「違います」】がお題となっているBを選んだ。

一方、紫燕は一人だけ、【ごまかしの「違います」】のDを選ぶ。

「うう……正解はDです……。まだまだ演技力が足りないようです」

一人しか正解に導くことができなかった実々花は残念そうに言う。

「いやいや、そんな落ち込むなよ日比。これ思ったより見抜くのも難しいな」

「そうね。アクターの演技力だけじゃなく、解答者の力量も試されるゲームだわ。その点、紫燕はさすが日比さんと同級生ね」

「実々花の演技は癖《くせ》があるので、だいたいわかります」

「えへへ～紫燕ちゃんは私のことよく見てくれてるんだね～」

「はいはい。次は私ですね」

紫燕は実々花の言葉をあしらいながらアクトカードを引く。

テーマの単語は「ころしますよ」だ。

「なんでこんな物騒なワードがテーマにあるんだよ！」

思わずツッコむ流星だったが、

「誰かさんのせいでテーマは私が即興で考えたものですからね」

「ぐぬぬ……それを言われたら何も言い返せない」

「それに意外とこのセリフ、ジャンルによっては多用されると思いますよ。ホラーやサイコスリラー、サスペンスにミステリーなんかでもあり得るセリフです」

「まあ……否定はできないな」

「それでは……行きますね」

「――ころしますよ」

全員が全員、背筋に悪寒が走った。

ただの恐怖じゃない、狂気が含まれた言葉にしがたい冷たさ。言葉に温度が一切《いっさい》感じられな

い。

「これは……」

解答者の三人が一斉に上げた番号はC。【サイコキラーの「ころしますよ」】だ。

全員の解答が出揃《でそろ》ったところで紫燕は表情を緩め、

「はい、正解です」

「有崎……一応聞くが、今の演技でいいんだよな」

「当たり前じゃないですか。私が本物のサイコキラーとでも言いたいのですか？　殺しますよ」

「やっぱり演技じゃないだろ！」

「さて、全員正解なので、みなさんに1ポイントずつ入ります」

もちろん正解者が三人なので紫燕には3ポイント入る。

前半戦が終わった現在のポイントは紫燕が4ポイントで一歩リード。続いて実々花の2ポイントに、流星と珠季が1ポイントずつだ。

メモ用紙に付けていたポイント表を見て珠季が言う。

「あら、もう紫燕の優勝は決まってるじゃない」

「え、そうなんですか副部長。紫燕ちゃんと私2ポイントしか違いませんよ？」

「このゲームはアクター側で得られるポイントが多い分、そこで稼がないと厳しいのよ。日比さんがここから最大で得られるポイントは2ポイントだから、良くても4ポイントの紫燕と同着優勝になるわ。私と広尾君も同じく最大ポイント得ても紫燕と同着ね」

「へぇ、さすが副部長。計算が早いですね」

「あとは残りの三人がいかに紫燕に追いつくかね」

「うう、せめて最下位にならないよう頑張ります」

実々花の決意と共に後半戦が開幕する。

三番目のアクターは珠季だ。

テーマは『好き』。

八種類のお題は、

A【あなたのことなんか好きじゃないんだからね。でも本当は「好き」】
B【もう、そういうところが「好き」】
C【あなたのことが大大大「好き」】
D【もちろんあなたが一番「好き」】
E【こう言ってくれなきゃいやだよ……「好き」】
F【あなたから聞きたいな「好き」】
G【ねえ……私のこと「好き」?】

H 【うん、私も「好き」】

珠季はキッと紫燕を睨《にら》む。

「どうしました珠季先輩。そんな怖い顔して」

「これテーマとお題考えてるの紫燕よね。なんか私の時だけテイストが違わない？」

「何を言いますか。『好き』はちゃんと製品版にもある公式のテーマですよ」

「……お題の方は？」

「少々アレンジしてます」

「ほらぁ！」

「ではアクトカードを引いてください」

「話を進めない！　断固拒否します」

「もう、仕方ないですね。じゃあ、これが通常バージョンです」

「ちゃんと通常バージョン用意してるんじゃない。最初から出しなさいよ」

A 【偽りの「好き」】

B 【食べ物に対して「好き」】

C 【友達の「好き」】

D【ツンデレの「好き」】
E【からへんじの「好き」】
F【カップル同士の「好き」】
G【ぶっきらぼうに「好き」】
H【本気の「好き」】

「こちらもアレンジはしてますが、おふざけなしで考えました」

「あなた白状したあとの清々しさがすごいわね」

しぶしぶ珠季はアクトカードを引く。

そしてアルファベットを確認してから、チラッと流星を見る。

その視線に流星も気づいた。

しかし、流星は視線の意味をいまいち理解できていなかった。

(東福寺がこちらを一瞬見た気がするが、何かの合図か？　しかし、ゲームが始まってからはもちろん台本などない。気のせいか……)

もちろん気のせいではない明確な意志によって珠季は流星を見た。こんなことを目論みながら。

(このお題……、広尾君にマウントを取るいいチャンスかもしれない。いつも自分の方が今ど

きの恋愛観を熟知しているかのような顔をして……恥をかかせてやるわ）

「広尾君なら、このお題……当ててくれるわよね？　だって、私をリードしてくれる、素敵な彼氏だものね。私の『好き』って言葉の本心も見抜けるよね」

「え……あ、ああ。もちろんだ」

流星はすぐに頭を回転させる。

（こいつ……後輩の前というカップルらしさを演じなきゃいけない状況で俺にプレッシャーをかけてきやがった。俺にわざと外させて恥をかかせようって魂胆か。演技を当てるゲームのルールと真逆な行動を取ろうだなんて……そこまでして俺にマウントを取りたいか。かわいくない女め）

（ふふふ……後輩たちの前で、「もちろんだ」と言ったわね。もう後には引けないわよ広尾君）

手に持っていたアクトカードを胸ポケットに入れ、珠季は満を持して口を開いた。

「広尾君――好き」

「……っ！」

「ねえ、広尾君。私のこの好きって言葉の意味……わかるわよね」

「い……意味……」

「そう。あなたの口から言って。私の本心……」

流星は唇を噛《か》む。

（東福寺め……名指しなんてルール無視の強行しやがって）

そんな流星の様子を見て珠季は笑みを隠す。

（悩んでる悩んでる。恋愛に詳しい私の彼氏なら、当てられて当然よね？）

流星は引き続き唇を噛みながら、少しでも何か情報が得られないか珠季の表情を凝視する。

しかし、精神的余裕は向こうの方が上。そんな状態では得られる情報もない。

（くそ……わからん。ゲームのルール通りに演技を読み取るならF【カップル同士の「好き」】……もしくはH【本気の「好き」】か。が、奴の目的を考えれば、そう見せかけて……真逆のA……【偽りの「好き」】か）

黙り込む流星。

ほくそ笑む珠季。

（Aの【偽りの「好き」】……。広尾君、あなたならその答えにたどり着いてるでしょう。くくく……ははは……あなたの考えることなんて手に取るようにわかるのよ。私をそこらの女子と一緒にしてもらっちゃ困るわ。『広尾流星の思考と脳科学』って題材で論文だって書けるくらいよ）

そう、珠季の引いたアクトカードはAではない。流星の裏を読みさらに裏をかいたのだ。

が……、ここで珠季に思わぬ刺客が現れる。

「珠季先輩。セリフをもう一度お願いできますか」

紫燕だ。

彼女のなんてことないリクエスト。

「ん……？　いいわよ」

初めは珠季も油断していたが、それは毒を塗った鋭い槍だった。

「もう一度、広尾部長の目を見て、お願いします」

紫燕が強調した箇所に珠季の意識は間違いなく偏りを見せる。

その瞬間、流星にマウントを取ってやるという分厚いフィルターを突き破り、自分が今から口にする言葉の正体が鮮明に姿を現した。

改めて、珠季の引いたアクトカードはAの【偽りの「好き」】ではない。

Fの【カップル同士の「好き」】でもない。

H……【本気の「好き」】だ。

本気の好き。その意味と今一度しっかり向き合った時、珠季の口はギュッと一文字に結ばれた。

（い……言えない！）

同時に脈拍が上がっていることも自覚する。

（私が、広尾君に、好き？　それも本気で。よくよく考えたらとんでもないセリフじゃない。いや冷静になれ私。これはゲーム。そして今からすることは演技。別に本気の本気で本気の好きを彼に言うわけじゃない。そう本気じゃない。本気のフリをした本気でいいのだ。臆するな東福寺珠季。ここで動揺を見せたら、それこそ恋愛経験の乏しい浅い女と見られて恥をかくのは私になる）

「んんっ………好き」

「え？　聞こえませんよ珠季先輩。何て言いました？　先ほどは広尾部長の名前も呼んでましたよね？　あと、広尾部長の目もちゃんと見てください」

（なんなのよこの子！　私のこと尊敬してるんじゃなかったの！　目も見てたじゃない！　ほら……広尾君も……って、こっち見てる！）

まさに、流星の視線は、珠季の目に釘付けとなっていた。

急変した珠季の態度に違和感を覚え、その意味を必死に探っているからだ。

（何が起こっている……？　明らかに東福寺の目から余裕の色が消えた。有崎と東福寺が手を組んで俺を混乱させようとしているのか？　いや、そもそも俺に恋愛マウントを取りたい東福寺の悪だくみに有崎が加勢する道理はない。つまり……東福寺の焦《あせ》りは本物……）

（何見てるのよ広尾君。あなたがこっちを見ていると余計にやりにくいじゃない。もしかして、私の動揺を悟られている⁉　うう……こんなことになるなら、最初から普通にやればよかっ

た）

　結果的に見つめ合う二人。

　続く沈黙に、こうしていても仕方ないと珠季が動いた。

（ええい、やるしかない！）

「広尾君」

「お、おう……」

「……好き」

　直前でそっぽを向き、吐き捨てるように言う珠季。

（やっぱり恥ずかしい！）

　そんな珠季を見て、流星は真剣な顔で考えを巡らせていた。

（なるほど、流れが読めたぞ。有崎も俺と同じように東福寺がゲームと違う趣旨の行動を取っていることに気づいた。それを指摘された東福寺はプランが崩れたことに焦りを見せ、結局アクトカードのお題通りの演技をすることにした。つまり、今した演技は本物。だとすると最初に予想していた【偽りの「好き」】ではなさそうだが……）

　流星が答えを導き出す前に、紫燕が言う。

「まあ、いいでしょう。充分わかりやすかったです」

　それに続き、実々花も、

「うんうん、副部長わかりやすかったです！」

　後輩たちの言葉に耳を真っ赤《まか》にして床の木目を見つめる珠季。

　その正面で流星は、

「ああ、そうだな。わかりやすかった」

　と、勝利を確信した表情で笑った。

「さすがですね広尾部長」

「まあな。さあ、一斉に答えを言おうじゃないか」

（くくく。真っ向勝負なら簡単だ。残念だったな東福寺。まあ、わかりやすいってことはそれほど演技が上手だということだ。そう、落ち込むことはないぞ）

　流星が勢いよく答えを口にする。

「Gの【ぶっきらぼうに「好き」】だ！」

「Hの【本気の「好き」】ですね」

「Hの【本気の「好き」】です！」

「え？」

「は？」

「あれ？」

　答えた三人がお互いに顔を向ける。

というよりは、紫燕と実々花は一緒に流星の顔を見ている。

紫燕に至っては呆れたような表情だ。

「広尾部長……それでいいんですね」

「むしろ俺がおまえたちに聞きたいくらいだ。今のはG一択だろ。Dのツンデレと間違うなら
まだしも、Hって……」

「はぁ……では、珠季先輩、答えをどうぞ」

紫燕が何かを諦めたかのようなため息を一ついてから、珠季に振った。

いまだ床を見ている珠季はそのままの姿勢でボソッと言う。

「……H」

微《かす》かに聞こえた珠季の言葉に流星は目を丸くしながら聞き返す。

「え……今、なんて？」

「Hよ！」

珠季は耐え切れず顔を両手で覆《おお》って背中を向けた。

「あーあ、部長。やってしまいましたねー。これは演劇部カップル破局の危機ですか」

実々花がニヤニヤしながら流星の元に這いよる。

しかし、実々花の煽りも流星の耳には届いていなかった。

（嘘だろ……東福寺……騙《だま》しやがったな‼　性懲りもなく偽の演技しやがって‼　そこまでし

て俺に恥をかかせたいか!)

一人で勝手に悔しがっている流星の一方、珠季はというと、

(恥ずかしい恥ずかしい恥ずかしい。何が恥ずかしいって、後輩たちに見透かされたのが恥ずかしい!)

嚙み合《あ》わない反応を見せている流星と珠季に、紫燕が見かねたのかパンと一拍入れて、

「まあ、あくまで演技のゲームですから。珠季先輩もそんな恥ずかしがらずに」

「恥ずかしがってなんかないわよ。そうよ、こんなのゲームでやった、ただの演技なんだから」

「広尾部長も自分の不甲斐《ふがい》なさにそんな落ち込まなくてもいいですよ」

「別に落ち込んでなんかないけどな」

むしろ落ち込むことが正解なのであるが、流星はそれすら気づいていなかった。

ともあれ、得点数は紫燕が5ポイント、珠季と実々花が3ポイント、流星は大幅に差を付けられて1ポイントだ。ここで紫燕の単独優勝が決まった。

「どうします? 消化試合になりますけど、広尾部長もやっときます?」

紫燕が無表情のまま言う。

「逆に勝ち誇った顔をしていないのがムカつくな。このままだと俺が最下位で後味悪いし、そりゃやるよ」

演技のゲームで最下位だなんて、さすがに部長としての尊厳に関《かか》わる。流星が単独最下位を免れるには、紫燕を含めた二人以上の正解が必要だ。全員正解すれば残り三人、仲良く同着二位である。

流星のやる気を確認した紫燕がお題カードを提示する。

テーマは『にゃー』だ。

「にゃー……？」

流星がまぶだをピクリとさせると、紫燕は当然と言わんばかりに、

「はい、猫のにゃーです。にゃー」

と、両手を猫手にして鳴いた。

「紫燕ちゃんかわいいー！」

「にゃー」

「紫燕にゃーちゃん飼いたいー！」

後輩たちのじゃれ合いに苦笑いしながら、流星はテーマの下に書かれた八つのお題を確認する。

A【リアルな「にゃー」】

B【ぶりっこの「にゃー」】

C 【威嚇の「にゃー」】
D 【女豹《ひょう》の「にゃー」】
E 【ペットに対して「にゃー」】
F 【やらされてる「にゃー」】
G 【恋人に甘える「にゃー」】
H 【眠たい時の「にゃー」】

このお題も紫燕がわざと自分にぶつけてきたのだろうと邪推する流星だったが、やると言った手前、今さら拒否もできない。しかし、できればBやGは避けたいところ。

そんな思いで机の上に並べられたアクトカードを一枚引く。

カードに記されていたお題はFの【やらされてる「にゃー」】だ。

比較的、楽なお題を引いた。しかも、まさに今の境遇と重なっている。

ここで流星は、先ほどのお返しで珠季を騙すことも考えたが、それをすると他のメンバーにも演技を当ててもらえず最下位になってしまう可能性が出てくるので、真正面からゲームに取り組むことを決めた。

気だるい感じを出せば【やらされてる「にゃー」】と理解してもらえるだろう。

「よし、行くぞ。……にゃぁ～」

ため息まじりのにゃー。我ながらいい演技だと流星は全員正解を確信する。

しかし、思ったより解答者の反応が良くないことに気づく。

実々花は首を傾げながら、

「うーん、二択ですねー」

ここまで全問正解だった紫燕まで、

「そうね……Fか、Hの眠たい時のにも聞こえる」

と、珍しく表情を曇らせていた。

気だるさが眠気に捉《とら》えられるとは流星も誤算だった。他の厳しいお題にならなかったことで、油断が生まれていたのだ。

「珠季先輩はどう思います？」

先ほどの余韻からいまだ復帰できず一人で椅子にもたれかかっていた珠季を見て、紫燕が言う。

「え？ ああ、うん。まあ、私はわかったわ」

なんて覇気のない返事。本当にわかってるのかと、流星と同じことを思ったのか、紫燕もそれ以上は話を振らず、ゲームの進行をする。

「それじゃあ、解答者は答えを出しましょうか。せーの」

「H!」

「H」

「F……」

解答が出揃った。一年生二人の答えは仲良くHの【眠たい時の「にゃー」】。

一方、気力のない声でボソッと答えた珠季は、一人だけFの【やらされてる「にゃー」】。

もちろん、正解は、

「Fの【やらされてる「にゃー」】だ」

それを聞いて実々花が悔しそうにする。

「うー! 二択外しましたー!」

「そっちでしたか。残念」

紫燕は相変わらず残念と言いながら一つも残念そうじゃない。

「副部長はよく二択わかりましたね」

実々花の問いに、珠季は淡々と、

「そう? 簡単だったけど。状況に対する人間の生物的な反応を見ればいいのよ。眠たい時っていうのは副交感神経が優位になっている状態なの。副交感神経が働くと人間は心拍数が下がり、リラックスモードになる。呼吸も自然と腹式呼吸が多くなるわ。一方、何かをやらされているという状況は緊張状態であることも意味する。交感神経が働き、呼吸も浅くなる。広尾君がにゃーと言った時、それを意識的に演じていたのかはわからないけど、胸式呼吸、つまり胸が膨らんだわ。そうなると答えは一択になるのよ」

「へ、へー」

聞いた実々花が若干引いていた。ゲームへの取り組み方が一人だけ別次元で気持ち悪いと言ってやりたい流星だったが、後輩たちの手前、出かかった言葉を飲み込む。

「それに」

まだ言い足りないのか、珠季は解説を続けるようだ。

「部室で何度か広尾君の眠たそうな姿を見たことあるけど、彼はそういう時、思考回路が上手く回っていないのか、少し甘えたような声を出すのよ。演技だとしても普段の癖は出るはずだからね。その感じはなかったからHはなおさら除外対象だったわ」

「さすがです！　副部長は部長のことよく観察してるんですね！」

「え……いや別にそういう意味では……」

否定する珠季にすかさず紫燕が、

「珠季先輩が一人だけ正解するのも必然でしたね。そんな細かい仕草、普通はわかりませんよ。やはり広尾部長の彼女だけあります」

「いやだから……そんな深い意味は……」

なんて言いながらもみるみる珠季の顔が赤くなっていく。本日何度目の赤面か。

流星もそんな珠季の姿を見て、少しドギマギしていた。そんなところまで普段から見られているとは思ってなかったからだ。

結果的に後輩たちに仲良しカップルの印象を強く与えられたようで、お茶会としては成功と言えば成功であるのだが、流星はなんだか小恥ずかしくなり、さり気なくその場を締めることにした。

「いやー盛り上がったな。さ、片付けるか」

「何を言っていますか広尾部長。罰ゲームの概要がまだですよ」

「は？ 罰ゲーム？」

紫燕に流星が聞く。

「はい。私勝ったので。そして広尾部長最下位なので」

確かに、結局最後は珠季しか正解していないので、流星に入るポイントは1ポイントだけ。

最終的な得点数は紫燕5ポイント、珠季4ポイント、実々花3ポイント、流星2ポイントで、流星の単独最下位だ。

「最下位が罰ゲームなんて聞いてないぞ有崎」

「言ってませんから。でも私が勝ったので」

流星は若干この後輩に恐怖を感じ始めた。

「そもそも罰ゲームって何するんだよ。一発芸とかか？」

「演技のゲームで最下位取る上に、そんなつまらなくてなんの利益《りえき》も生まない罰ゲーム考えるとか、部長の座を降りろよ」

「おい、最後タメ口通りこしてケンカ売ってるぞ」

「これは。心にもあることをつい口走ってしまいました」

「せめて心にもないことを口走れよ」

「まあ勝ったのは私なので、私が罰ゲーム決めます」

「有崎……俺マジでおまえ怖いよ」

「来年の新入部員獲得に向けて演劇部のPR動画を撮りましょう。SNSに流したいので、今演劇部としてバズりにバズってるお二人で、デズミーデートの様子を撮ってきてください。これが罰ゲームです」

「「デズミーデート⁉」」

流星と珠季、二人同時に紫燕の顔を覗く。

「はい。いくら広尾部長の入部オーディションが厳しかろうと、入部希望者自体が多ければ残る人数も増えるでしょう。今年の倍率が一五倍ほどでしたから、希望者が一〇〇人くらい集まれば御の字です」

どんどんと話を進める紫燕に珠季が食らいつく。

「ちょっと待って紫燕！　なんで私も罰ゲームなのよ。私二位よ？」

「ええ、これは広尾部長の罰ゲームです。ただ、カップルならデートくらいしますよね？　たまたま罰ゲームの手段がデートなので珠季先輩にもお付き合いいただきますが、デートの部分が罰というわけではありません。あくまで罰は広報活動の部分です。それとも珠季先輩にとって広尾部長とのデートは罰ゲームになるんですか？」

「そ……それは」

もちろん、罰ゲームよ！　なんて言い返せるはずもない。

「はい、話を進めます」

「で、で、で、でも、紫燕。入部希望者の話なんてまだ半年以上も先じゃない」

「さすが珠季先輩。まだ半年も猶予があるんです。今からSNSを使って集客すれば、一〇〇人集めるなんてわけないですよね。一瞬にして話の本質を的確に捉えてしまう洞察力。御見《おみ》それいたします。よっ、さすが理系一位。頭の回転がピカイチ」

「そ、そう？　まあ、これくらい当然よ」

紫燕にまんまとノせられている珠季を呆れた目で見ながら流星が反論する。

「なあ、有崎。デートが広報活動の手段と言うが、俺たちのデートと演劇部に関連性が見えないぞ。そんな動画を撮ったところで本当に新入部員の獲得に繋がると思うか？」

「思います」

流星が予想していたよりもはるかに自信ありげな様子で紫燕は答えた。

そして、その理由を語る。

「今やお二人は学園の顔。元々人気だったそれぞれのタレントパワーが相乗効果でとんでもないことになっているのです。幸い、最初に二人がバズった時のハッシュタグに『演劇部カップル』と演劇部の名称が入っています」

「でも、それだけじゃ……」

「そうです。それだけじゃ足りないのです。お二人はインストもやってなければ、テックトックもやっていない。せっかくここまで人気なのに、ビジュアル的な発信を一切してないのです。このままじゃ来年の四月にはこの人気も落ち着いてしまうでしょう。だからこそ、今の時期に動画を撮って世に出すのです。カップル配信者に根強い人気があることは、トレンドに敏感な広尾部長なら知っていますよね」

「え……ああ、もちろん！　すごい人気だもんなカップル発信者！」

「カップル配信者です」

「そう！　カップル配信者！」

「もはや、お二人はインフルエンサーカップルなのですよ。そんな求心力のあるカップルが『演劇部カップル』のハッシュタグを付けてデズミーランドに行った動画を投稿してくれれば、演劇部に興味を持つ人が増えるはずです。もちろん、トレンドに詳しい広尾部長なら理解できますよね」

「おう！　わかるわかる！　むしろ前からやろうかなって思ってたくらい！」

「決まりですね。まあ、こんなの罰ゲームにもならないでしょう？　だってお二人にとってデ、デ、デ、デ、デ、デ、デートなんて日常茶飯事のイベントでしょうし」

　そんな紫燕の誘導に実々花が追い打ちをかけるように、

「わー、二人のデズミーデートなんて尊すぎますね！　絶対バズりますよ！　二人もデートできて一石二鳥ですね！」

　こうなったらあとに引けるわけもない。

「そ、そうだな、こんな緩い罰ゲームでいいのかって感じだよな、東福寺」

「そ、そうね。いつもの様子を動画にするだけでしょう？　簡単、簡単。あはは……」

「では、編集は私がやりますので、素材が撮れたら渡してください」

「わかった」『わかったわ」

　流星はチラッと珠季を見た。

　同じことを考えているのか目が合った。

　二人ともぎこちない笑みを浮かべる。

（まあ、この場は適当に流して、有崎が忘れるのを待てばいいだろう）

（紫燕もノリで言ってるだけよ。そのうち忘れてこの話自体なかったことになるでしょう）

「ああ、締め切りは九月いっぱいでお願いします。文化祭シーズンに合わせて投稿したいので。忘れることなんてありませんから、必ず撮ってきてくださいね。私はいつでもあなた方を見ていますよ」

流星と珠季は再び目を合わせた。

もうそこには笑顔など残っていなかった。

それはもう、準備室の霊の話など忘れてしまうほどに、ホラーであったからだ。

◆

「今日は楽しかったね紫燕ちゃん」

「そうね実々花」

「ゲームも面白《おもしろ》かったね。あの二人に勝っちゃうなんて紫燕ちゃん、さすが～」

「そうかしら。あの二人だから勝てた気がするけど」

「二人のデズミーデート動画も楽しみだなあ」

お茶会が終わり、一年生コンビの実々花と紫燕は最寄り駅に向かって夕暮れの帰路についていた。

「それにしても、部長と副部長お似合いだよね。逆に今まで付き合ってなかったのが不思議なくらい」

「珠季先輩は元より恋愛に興味がないいんじゃないかしら。そんな心をこじ開けた広尾部長がすごかったのね」

「確かに……いつも色んな男子の告白断ってるし」

「いつも？」

「あっ……いや、そうだろうなーって私の予想！」

「まあ、珠季先輩がモテるっていうのは当然のことだけれど、身の程知らずの蛆虫《うじむし》がくっさい息垂れ流しながら珠季先輩に求愛行動しているところを目撃したら私が先に断るわ。断るっていうか殺す」

「あ……あはは」

「その点、広尾部長ならまだ許せるかな。あの人面白いいし」

「許せる基準が面白いかどうかなんだ……。紫燕ちゃんは誰かに告白されたことないの？」

「ないわ。私みたいな何考えてるかわからない女子に告白する男子いないでしょ」

「自覚はあるんだ」

「男子ってみんなわかりやすくかわいい子の方が好きじゃない。私は怖いとかクールとか、そんなことしか言われないし。個性的すぎてもモテないのよ」

「ええ～、でも紫燕ちゃんかわいいよ～」

「はいはい」

「本当なのにー」

「実々花は告白されたことあるの？」

「ないない。私だよ？」

「そうね」

「あっ、酷いー！　そこは紫燕ちゃんもフォロー入れるところでしょ」

「個性的って意味では実々花も私と同類だし」

「紫燕ちゃんと同類かぁ。えへへ」

「何笑ってるのよ」

「あ、でも告白されたことはないけど、好きな人ならいるよ」

「好きな人？　初耳だけど、誰？　まさか広尾部長じゃ」

「紫燕ちゃん！」

そう言って実々花は紫燕の腕に抱きつく。

「バカじゃないの」

「紫燕ちゃん顔赤くなってる。やっぱりかわいいじゃん～」

「もういいから離れて。腕が重い」

「もう、恥ずかしがりやなんだから」

「はいはい」

「紫燕ちゃんは私のこと好き？」

「まあ……」

「まあ、何？」

「好きか嫌いかで言ったら好きの方」

「えへへ～」

「もう一回言うわ、バカじゃないの」

並んで歩くお茶会後の二人。

日比実々花は嬉《うれ》しそうに紫燕の手を握った。

ポーカーフェイスで知られた有崎紫燕の表情を崩せるのは、彼女だけである。

TAKE5 朝活

早朝。

冷え切ったアスファルトから上がってくる澄んだ匂《にお》いを感じながら、流星《りゅうせい》はいつもより早く校門をくぐった。

校庭からは朝練をしている運動部の声が聞こえてくる。

打って変わって校舎は静かで、奥の新音楽室からトロンボーンの低い音が響いているだけだ。

吹奏楽部の生徒が自主練でもしているのだろう。

昇降口までたどり着くと、花壇に水やりをしている見知った顔に出くわした。

「おう、日比《ひび》。早いな」

「あ、部長。おはようございます」

「水やりなんて偉いじゃないか。日比は美化委員だったか？」

「はい。朝の水やりは当番制なんですが、訳あって私が毎朝しているんです」

「訳？」

「まあ、それはいいとして。部長はこんな早くにどうしたんですか？」

「ん？　ああ、最近朝のジョギングを始めてな。今日も走ってきたんだけど、スタートした時間が早すぎて。やることないから教室で読書でもしようと思って登校してきた」

実々花《みみか》の『訳』というのが気になりながらも流星は答える。

「へー、朝活って奴《やつ》ですね。また、なんでジョギングなんですか？」

「体力をつけようと思ってな。いざという時に走れないと困るし」

その、いざという時に実際走れなかったから、偽カップルなんてやっているのだと、いつしかの夜を思い出す。噂の発端となった女子を追いかけていれば、事態は変わっていたかもしれない。

「でも、すぐやめそうですね。部長根性なさそうなので」

「おい、日比」

「ひいっ！　すみません！　部長見た目がヒョロヒョロなんで、つい。やることないから読書しようっていうのもいかにもですし」

「謝りながら追い打ちかけるな」

「すみません！」

「これでもちゃんとシューズや服も揃《そろ》えて本格的にやってるんだぞ」

「そうなんですか？　形から入るタイプなんですね」

「なんか言い方がムカつくな」

「ひいっ！　すみません！」

実際そうなので否定はできないが、どうせ形から入るならもっと高くていいグッズを揃えればよかったと後悔している面もある。

流星のバイト代は月に二万円ほどだ。バイト先はチェーン店の書店で時給はそれなりだが、部活のない日にしかシフトを入れていないので、これが限界。そもそも、それもバイト中に目星をつけていた新刊の本に消えていくので、あまり貯金は捗《はかど》っていない。

だからジョギンググッズはできるだけお金をかけない方向で買い揃えた。

シューズはショップで売っていた一番安い二千円ほどの聞いたことがないメーカー。

加えて、シャツとウインドブレーカーも購入したが、それも一番安いものだ。

合計で一万円超えないほどだったが、実際使ってみると、やはり靴は重いし、ウインドブレーカーは生地が薄くシャカシャカ言ってうるさい。

案外、形から入るというのは大事なのだと学んだ。

しかし、一万円以上の出費となれば高校生にとっては、かなりの痛手であることに変わりない。なかなか難しいところである。

などと考えていると、実々花が急に時計を見てソワソワし始めた。

「もう時間だ……！」

「なんだ、急に。何か用事でもあるのか？」

「ちょうどいいです。部長も一緒に来てください」

そう言って、実々花が強引《ごういん》に流星の腕を引っ張る。

連れていかれたのは旧校舎奥の角。そこに二人で身を潜め、かがむ。

その位置から見えるのは、ほとんど手入れもされていない小さな裏のスペースだ。

「あれ。見てください」

小声で実々花が静かに指をさす。

流星は言われるがまま角から裏を覗《のぞ》いた。

誰《だれ》かいる。

制服姿の男子。

流星も見覚えがある生徒だ。

あれは確か、サッカー部のキャプテンだった三年生だ。イケメンでけっこうなプレイボーイだという噂を聞いたことがある。

そして、その奥にもう一人。

遠目からでもわかるくらいのスタイルのいい女子。

「東福寺《とうふくじ》……？」

珠季《たまき》が三年生の男子と向き合って対峙《たいじ》していた。

（どうして東福寺がこんなところに……？）

困惑する流星をよそに、実々花が楽しそうに言う。

「始まりますよ」

まるでその言葉が合図かのように、三年生の男子が喋《しゃべ》り始めた。

「時間作ってくれてありがとう東福寺さん」

「いえ、日課ですから」

流星は声を押し殺しながら聞き耳を立てる。

(日課……？　なんのことだ)

疑問の数が増えてく中、奥のスペースにいる二人はどんどん話を進めていく。

「俺《おれ》の噂って、やっぱ東福寺さんも知ってるかな。プレイボーイだとか言われてるの」

「いえ、知りません」

「実際はそんなことないんだぜ？　付き合った女には一途だし、たまたまその期間が短かったり、タイミングが被ったりするだけでさ。好きになったら一直線って感じ？」

「そうなんですね。そろそろ本題をお願いします。このあと教室に戻って三十分間の予習を予定しているので、あと三分後にはここを出たいです」

「あと俺は彼氏がいる女でも気にしないぜ。たまにいるんだ。俺と付き合うのは無理だと思って妥協した男と付き合っちゃう女子。そういう時は決まって言うんだ。人生は常にトップを狙《ねら》わなきゃダメだぜってね」

「確かにトップを狙うことは大事ですね。特に学業においては。なので予習の時間は確保したいので遅れないようお願いします」

「東福寺さんも妥協してるんだろ？」

「妥協？」

「ほら、広尾《ひろお》だっけ？　文系のトップだかなんだか知らないけど、所詮は文化部のガリ勉ちゃんだろ？　東福寺さんレベルの女子があんな男で妥協だなんてもったいないぜ」

「なるほど。あ、残り一分と十三秒です。そろそろ結論を」

「つまり、俺と付き合おうぜってことさ」

「遠慮します。一分五秒残ったので間に合います。余裕のある時間管理ありがとうございました。それでは」

「お、おい、ちょっと待って」

「ああ、それと……。男女間の交際に関しては生物学的に見た場合、子孫繁栄のために肯定的であるべきだという主張自体は尊重しますが、あくまで優良な遺伝子を残すという観点から考えるならばホモサピエンスとしては身体能力よりも知能指数を優先的に考慮するべきというのが個人的な見解です」

「は？　え？　どういうこと？」

「つまり、妥協なんてしていないということです」

そう言って、珠季は三年生の男子を置いて歩き出した。


（やっぱり、三年の男子から東福寺への告白だったか。なんか見てはいけないものを見てしまった気がする）

「今日も撃沈。三年生で一番モテる男子でも無理でしたか」

「うん？　今日もって言ったか日比」

「はい。私が当番を代わってまで水やりをやっているのは、これを毎朝見るためです。まさに私の朝活ですね」

「毎朝!?　毎朝、東福寺はこうやって男子からの告白を受けてるのか!?」

（東福寺が日課って言っていたのはそういうことか）

「少なくとも私が見始めてからは毎朝ですね。リピーターもいるので日数＝告白した男子の数、とはなりませんが、もう五十人以上には告白されてますね」

「告白する男子たちを老舗有名店に通う客みたいに言うな。ていうか、俺と付き合うようになってからも続いてるのか」

「私もそれはびっくりしました。部長が舐《な》められているのか、副部長の魅力が男子の欲求を我慢できなくさせているのか」

「誰が舐められているって？」

「ひいっ！　すみません！」

「ったく……。しかし、東福寺の噂は聞いていたが、毎朝とは」

（そういえば、付き合いたての一緒に登校していた最初の期間、学校手前のコンビニで待ち合わせをしていたが、いつも東福寺が先に来ていたな。もしかして、この告白の日課を毎朝済ませてから来ていたのか）

「まさに副部長の朝活ですね」

「やかましい」

「ひいっ！　すみません！」

実々花も実々花で、それを毎朝見てるなんて、相当なゴシップ好きである。

などと話しているうちに、珠季がこちらへ近づいてきた。

「やばい、逃げるぞ日比」

「はい！　行きましょう！」

急いで立ち上がった実々花が、水やり用に持っていたじょうろを振り上げる。

その勢いで、大きく空いた口から大量の水が飛び出した。

「あっ‼　部長危ない！」

バッシャン！

「うわあ！」

流星の制服は見事に水浸しになった。

「ひいっ！　すすすすすみません部長！」

「だ、大丈夫だ。それより早く……」

「二人して何してるのかしら？」

万事休す。

◆

「すみません先生。よろしくお願いします」

「はい。放課後までには乾くと思うから、また取りに来なさい」

保健室で濡《ぬ》れた制服を預け、ジャージに着替えた流星は、保健の先生に頭を下げ、廊下へ出た。

その先で、不機嫌そうな女子が立っていた。

「うおっ……なんだ東福寺か。びっくりした」

「なんだじゃないわよ。予習の時間をつぶして待っていたんだから感謝しなさい」

「待っていてくれとは頼んでないけど。日比は？」

「気にすることないからって、教室に帰らせたわ」

「それを決めるのは俺なんだけど。まあ、かかったのはただの水だし、本当に気にすることはないけどな」

「それで、あんなところであなたは何をしていたのかしら」

「それは……」

告白されている姿を覗いていました……なんて当然言えない。

（が……、言わなくてもさすがに察しがついているだろう）

「覗きなんて趣味が悪いわね」

「いや、その、俺は日比に連れていかれて」

「その上、責任を後輩に擦《なす》り付《つ》けるの？」

「はい……すみませんでした」

「まあ、別にあんなところを覗かれたとして、どうでもいいんだけれど」

珠季は目を逸らしながら言う。

「ああ、東福寺にとって告白されることは日常茶飯事……それこそ朝活のような日課だもんな」

「まあ、用事があると呼ばれたから行くだけよ」

「どうせ告白を断るなら、無視すればいいのに」

「告白以外の用事だったらどうするのよ」

流星が珠季の表情を窺う。

本気で言ってそうだ。

（そういえばこいつ、文化祭演目の告白シーンでヒロインが呼び出された理由にもピンと来てなかったな）

「もしかして告白以外の用事があるかもと本気で思って、毎朝律義に対応しているのか？」

「そうだけど、何か問題ある？」

（普通こんなに連続で告白受けていたら途中でウンザリするもんだ。どんだけ恋愛事情に疎《うと》いんだこいつは）

「ち……ちなみに、朝だけなのか？　放課後も呼び出しとかされてるのか？」

「放課後は部活があるじゃない。朝のあの時間は空いてるから、相手側に時間を合わせてもらってるの」

「そうか……」

（これで放課後まで告白三昧《ざんまい》だったら、俺のメンタルがもたなかった……。いや別に東福寺が誰にどのくらい告白されてようと、どうでもいいんだけど）

「時間はキッチリ五分と決めているから一日一人しかさばけないけど」

「さばけないって、そんな仕事みたいな。……ん、ちょっと待て。その言い方だと、一日一人以上のペースで誘いが来てるってことか？」

「ええ、まあ。今のところ二ヶ月先まで朝の予約が入っているわ」

「予約の取れない高級焼肉店かよ！」

（マジかよ……放課後がどうとかのレベルじゃなかったわ。てか、この学園どんだけ東福寺好きな男子いるんだよ）

流星が地味にショックを受けていると、珠季が視線を逸らしたまま、少しトーンを下げた声色で聞いてきた。

「広尾君も後輩から人気あるって聞いたけど、告白とかされてるの？」

「え、俺？」

「うん、まあ、興味本位で聞いただけだけど」

「俺は……」

流星は悩んだ。

どう答えるべきか。

実際告白されそうな機会はあった。しかし確証は持てない。

なぜなら、鈍感な珠季をバカにしている反面、流星は女子からの呼び出しについて、『告白されるかも』と敏感に反応するからだ。

そうなった時に流星は無視をする。

つまり試合放棄。逃げるのだ。

その場に行くことであらゆるリスクが生まれるのを避けたい。

女子との会話で上手《うま》く返せなかったらどうしよう。そのリアクションで幻滅されて告白を撤回されたらどうしよう。そもそも告白されるなんて勘違いで赤っ恥をかいたらどうしよう。

だから流星は逃げる。

三次元の恋愛事情から逃げに逃げてきたのだ。

しかし、目の前にいる東福寺珠季という女子は告白を受けた回数で言えば、恋愛マスターと名乗っていいほどの経験を持っている。

そんな相手に告白されたことは実質ゼロだなんて言えるだろうか。

「あるよ」

「え?」

「告白の呼び出しされたこと。いっぱいあるよ」

導き出した結論は、ギリ嘘《うそ》じゃない返し。

嘘はついてない。嘘はついてないしその中身がバレなきゃプライドも保てるギリのライン。

こんな子供じみた流星の思惑は……、

「へ、へえ。そうなんだ。文系は女子多いしね」

「ま、まあな……太宰《だざい》の女性遍歴からもわかる通り文才のある男子はモテるらしい」

「ふ、ふーん」

珠季にめちゃくちゃ効いていた。

珠季はというと、流星から返ってきた言葉に、今さら後悔していたのだ。

そしてこんなことを思いながら落胆していたのだ。

(聞かなきゃよかった)

顔では冷静さを装いながらも内心のショックは計り知れない。

(なんとなくモテるとは聞いてたけど、わざわざ確認しなきゃよかった)

珠季にとって、毎朝告白を受けることは計算問題を出されていることと変わらない。

絶対的な解がある式をただ消化する。

だから日課と表現するのだ。

しかし、流星の場合はどうだろう。

彼は文系だ。

わびさびや情緒、時には風情なんて言葉を使うような流星は、形のないものを重んじる。

もちろん愛情というものも形がない。

そんな感受性豊かな流星が数多くの告白を受けているとなれば、いずれ心を動かされる時が来るかもしれない。

そうなった時……、

(そうなった時、私は捨てられるんだ。本当は付き合ってもいない男に、他に女ができたという理由でフラれる。そんな屈辱あるだろうか)

恋愛経験が乏しいと思って舐めていた相手が予想以上にモテていた。

この事実に珠季は言葉にできないモヤモヤを感じていた。

が――。

珠季は忘れていた。いや。そもそも理解していなかった。

それはそっくりそのまま、流星にも言えるということを。

そう、流星は流星で怯《おび》えていたのだ。

いつか珠季に捨てられるんじゃないかということに。

(東福寺がこのまま告白され続けて誰かと付き合ったら、この偽カップルも解消せざるをえない。そうしたら、俺はこんな堅物女に捨てられた男になるわけだ……。いや、でも……堅物女だからこそ、誰かと付き合うなんてありえないはず……。そうだよな東福寺)

「こ、これは俺も興味本位で聞くだけなんだけど。おまえって、その毎朝告白される中で、いい人がいたらそいつと付き合おうと思うの？」

「はあ？　なんでそんなこと。ありえるわけ……」

そこで珠季は気づく。

ある秘策に。

そしてニヤリと笑って言う。

「ありえるわけ、あるかもね」

（そうよ。捨てられる前にこっちが捨てるかもって立場に持っていけばいいわ。そうしたら万が一この男に本当の彼女ができる時が来ても、そこらの男子を捕まえて、元々私この人と付き合うつもりだったからと捨てる側に無理やり回ってやる）

完璧《かんぺき》な作戦。

恥をかく前に恥をかかせてやればいい。

（この私を捨てようなんて生意気なのよ広尾君。そんなこと絶対に許さないんだからね）

「そうか……恋愛に興味がないと断言するおまえのことだから、てっきりありえないかと思ってたよ」

「ふん、人の考えなんていつ変わるかわからないでしょう。生物は常に変化し続けるのよ。残念だったわね」

「そうだな。その時はこの関係も正式に解消しなきゃな」

「……そうね」

(何こいつ。やけにあっさり受け入れるわね)

実際、流星は珠季から出た予想以上のパンチラインに、自分でも驚くくらいヘコんでいた。

(東福寺に彼氏か……)

そして、珠季のように発想の転換ができるほどの気力が残っていなかった。

元来の豆腐メンタルがここに来て顕著に表れたのである。

「まあ、そうなったら、早めに教えてくれ」

「……」

そんな流星に対して、珠季は若干イラついていた。

「じゃあ、俺もう教室戻るわ」

「ちょっと待ちなさいよ」

「ん?」

「あなた、私に別の彼氏ができてもいいってわけ?」

「まあ、おまえに好きな人ができたならしょうがないだろう」

「情けないわね。たとえ演技で始めたカップルだとしても、最後までやり遂げようっていう気概とかないわけ。男なら責任持ちなさいよ」

「いや、でも」

「つべこべ言うな！」

「は、はいっ」

「今返事したからね。わかったわね」

「わかりました……」

伝家の宝刀、不機嫌を発動させ、珠季はそのまま流星を置いて教室に戻った。

しかし、それは狙った不機嫌ではなく、心の底からの不機嫌であった。

その理由は珠季自身もよくわかっていなかった。

一方、廊下に取り残された流星は、一人こんなことを思っていた。

（最後までって、どこまでだろう）

TAKE6 イベント準備

「はあ？　デートに着ていく服？」

流星《りゅうせい》の部屋に置かれたシングルベッドに、制服のままあぐらをかいている瑠璃《るり》が、呆《あき》れたような声を出して言った。

「そうだよ。いつものように見繕ってくれ」

お茶会から数日後の夜。

流星は幼馴染みの瑠璃を自宅に呼んでいた。

「そりゃ、別にいいけど。あんたたち付き合って、もう三週間くらいは経《た》ってるよね？」

「そうだっけか。おまえの方が記憶力いいし、おまえがそう言うならそうなんじゃないか」

「いや、だとして、今まで一度もデートしたことないのか？」

「ないから、相談してる」

「本当に付き合ってる？」

「な、何言うんだよ。付き合ってるに決まってるだろ」

座っていた学習机の椅子《いす》をガタッと鳴らして流星は瑠璃を見る。

「付き合ったら一週間でもうヤるだろ。スローペースにもほどがある」

「ヤ、ヤるって……！　おまえ、そうなの？」

「一般論な。あたしは身持ちが固いんだよ」

「ああ……そもそもおまえは彼氏できても一週間もたないしな。忘れてたよ」

「だって、付き合ってもやっぱ光星《こうせい》ちゃんがいいんだもーん」

「今までフラれていった彼氏が不憫《ふびん》でならないよ」

「光星ちゃんなら、付き合ったその日に私の処女を捧げてもいいぜ。ああ光星ちゃん光星ちゃん好きー！」

　ベッドに置かれていた枕《まくら》を抱きしめながら体を揺らす瑠璃。

「気持ち悪いから俺《おれ》の枕で発情するのやめろ」

「てことで、光星のお風呂《ふろ》写真で手を打とう」

「おい、風呂写真はちょっと報酬が高すぎないか」

「初デートは責任が重いからな。それくらいはしてもらわなきゃ困る。そんかわり、服装に加えて当日のヘアスタイルとデズミーのアトラクションを回るデートプランも考えてやるよ」

「……それは条件がいいな。悩む」

「お客さん、こんなチャンスなかなかないですぜ～。今だけのセット割。ちなみにセールはあと五秒で終わりです。はい、五～」

「わかった。やろう」

「即決ありがとうございまーす」

「商売が上手《うま》いこと」

「じゃあ、早速買い出しに行くか」

そう言って瑠璃がぴょんとベッドから立ち上がった。

制服のスカートがふわりと膨らむ。

「買い出しって、どこに」

「ダンキ・コーテ」

大型ディスカウントショップの名前を上げる瑠璃。

時刻は十九時前だ。

「今から行くのか？　もう暗いぞ。あそこ夜、ヤンキーとかも多いし、危なくないか」

「うーん、それもそうだな。じゃあ別日にするか。服買いにGEも行きたいし。デートはいつ？」

「次の日曜」

「近々じゃねーか！　ったく、そういうのは余裕持って言えよ。じゃあ、買い出しは土曜な」

「わかったよ」

こうして、週末は予定で埋め尽くされることとなった。

はたして貯金は足りるのだろうか。改めて、デズミーデートなんて面倒なことになったものである。

今月は新刊の本を買うのは控えておこうと、流星はため息をついた。

◆

週末。

土曜の昼過ぎ。駅前は人で溢《あふ》れていた。

その合間をすり抜けて、有崎紫燕《ありさきしえん》は一際《ひときわ》目立っている人物の元に足を運ぶ。

駅のロータリー。

そこに設置された噴水が作る虹よりも人目を集めてしまうくらいの美少女が、一人で不機嫌そうに立っていた。

「お待たせしました、珠季《たまき》先輩」

「紫燕、遅いわよ。この時間を労働と換算した時、最低賃金で計算しても66円損失が出ているわ。時は金なりよ」

「申し訳ありません。到着はしていたんですが、遠巻きに見る珠季先輩も乙なものと、ずっとガールウォッチングしてました」

「私は野鳥じゃない」

「そこのカヌレをおごるので機嫌を直してください」

ここらでは有名なベーカリーカフェを指さして紫燕は言う。

「別にそこまでしてもらう必要はないわ。でも小腹は空いたから行きましょうか。いつもなら
おごってあげるけれど、今日は遅刻した罰で割り勘ね」

「承知しました」

カフェに入り、カヌレとドリンクのセットをトレーに載せて席に着く二人。

一息ついてから珠季が紫燕のトレーを見て言った。

「あら、紫燕のフラペチーノ美味《おい》しそうね」

「期間限定のチョコレートミント味だそうです。あとで一口差し上げます」

「ありがとう。紫燕はチョコミン党って奴《やつ》なの？」

「熱狂的なチョコミン党ではないですが、新作などで出ていたら買ってしまうくらいには好き
ですね。たまに歯磨き粉の味がすると嫌がる人もいますが、珠季先輩は苦手じゃないですか？」

「うん。私もどちらかというと好きよ。アイスとかよく食べる」

「アイスで言うと、チョコがクッキーになっているのが私は好きです」

「わかる。あれ考えた人、天才よね」

「はい。アイスノーベル賞を上げたいくらいです」

「ココアクッキーだとなお良し」

「さすが、珠季先輩。通ですね」

「あなたは『さすが』のハードルが低すぎて信用ならないわ」

「と言いながら、まんざらでもない顔してますよ」

「そんな顔してないわよ」

「ところで、ご相談とはなんでしょう」

改めて、紫燕は本題を切り出した。

昨夜、ラインで珠季から相談があると言われ、今日こうして二人で待ち合わせたわけであるが。

「あのね、紫燕。この前のデズミーデートの件なんだけど」

「却下です」

「まだ何も言ってないじゃない」

「失礼しました。てっきり、今さら怖気づいて、中止にしてほしいなんていう世迷言《よまいごと》をほざくんじゃないかと」

「ねえ、あなたって後輩よね？　そして私のこと尊敬してくれているのよね？」

「はい、大尊敬です。先輩が理系だからなんて理由で進路決めるバカ他にいますか？」

「それを誇らしげに言ってることも問題だと思うけど」

「中止の打診でなければ、なんでしょうか」

「そもそも私デズミーランドに行ったことないのよ」

「それは珍しい。もう半年もすればＬＪＫですよ。女子高生のうちに行っておかなければ。いい機会でしたね」

「……ＬＪＫって何？　何かの新しいサービス？」

「ラストＪＫです。さすがにＪＫくらいはわかりますよね？」

「ＪＫはわかるけど……ああ、ラストの女子高生で三年生ってこと？」

「そうです。広尾《ひろお》部長といい、お二方は同年代の知識に少し乏しいですね」

「一緒にしないでよ」

「おや、愛しい彼氏と一緒にされるのが苦痛なのですか？」

「あ、いや、そうじゃなくて。私なんかと一緒にしたら広尾君に失礼よって意味」

「なるほど。早とちりしました」

「も、もう、私が広尾君を貶《けな》すようなこと言うわけないじゃない」

「そうですよね。仲良しですものね」

「そうそう、仲良し」


（バレてないと思ってる珠季先輩かわいい）

そう、有崎紫燕はとっくに気づいていた。

流星と珠季が偽のカップルだということを。

（そもそも、一学期の頃は部室であんなにいがみ合っていたのに、二学期になって急に付き合って仲良しこよしなんて無理があるのよね。実々花《みみか》はカップル厨だから盲目的に信じているようだけど）

しかし、紫燕は気づきながらも、流星と珠季にそれを打ち明けずにいる。

なぜなら、面白《おもしろ》いから。

必死に演技をしている二人が面白いから。

そして、才色兼備である珠季が右往左往している姿を見たいから。

（こうやって焦《あせ》っている珠季先輩が一番輝いていて、かわいい）

「しかし、珠季先輩がデズミーランド未経験者であることは予想外でした」

「行きたい行きたいとは思っていたんだけど、なかなか機会がなくてね。だから、楽しみ方の勝手がわからなくて、不安なの」

「それは困りましたね」

紫燕は本気で悩む。

そもそもデズミーデートの提案は紫燕の策略である。

流星と珠季が偽カップルを演じ始めた理由は知らないが、プライドが高い二人のことだから、誰《だれ》かの誤解から始まり、それを否定するタイミングを逃したことで、ズルズルと来ているのだろうと大方の見当はついている。噂が広まった当初の周囲から起こった反響は凄《すさ》まじいものがあった。流星と珠季でなくとも否定しづらい状況だったであろう。

偽のカップルをなかなかやめれずにいるのもうなずける。

しかし、紫燕はそれだけじゃ足りないと思った。

いつ二人がこの偽カップルを解消するかわからない。

こんなに面白いのに。

ゆえにデズミーデート。ゆえにカップル動画。

ここまで追い込めば、もう別れることは不可能だ。

彼らが偽カップルを演じている理由はおそらく世間体だ。

通常のカップルのように痴情のもつれなんかで別れることはない。

ならば、世間が注目すれば注目するほど、偽カップルは継続していく。

だが、珠季がデズミーランド未経験であるなら話は別だ。

デズミーデートのカップル動画が人気なのは、いわゆる疑似体験ができるからだ。

動画を投稿している美男美女のカップルに感情移入して、自分も同じ空間の青春を味わっているかのような錯覚を起こす。

そのカップルのうち、一人がデズミーランド初体験だと、不慣れであることが画面越しに伝わり、視聴者とのギャップが生まれる。

見ている側は頭空っぽにして、楽しみたいのに、なんだかヒヤヒヤして無駄なストレスがたまるのだ。

視聴数にも影響が出てくることだろう。

それどころか、本人たちにも余裕がなくなり、ボロが出てしまうかもしれない。

自分のように勘がいい人が見たら、「あれ、こいつらビジネスカップルか？」と思われかねない。

紫燕は仕方なく結論を出した。

「わかりました。動画はやめましょう」

「本当⁉ よかったー」

「補足しますが、デズミーデート自体をやめるわけではないですよ」

「えっ。だって動画投稿しないならデートする必要もないじゃない」

「動画は難易度高いので写真をインストでリアルタイムに上げてください」

「写真……？」

「はい。デズミーの映えスポットも私がリサーチして、何箇所か指定するので、それらをクリアしてください」

「……まあ、動画よりは難易度が下がった気がするわ」

「なんか、テンション低いですね。珠季先輩はそんなに広尾部長とデズミーデートするのが嫌なんですか？」

「めちゃめちゃ楽しみ！　ああ、早く広尾君とデズミーデートしたいなあ！」

「喜んでもらえているようで、何よりです」

ひとまずはこれで様子を見るかと、紫燕は一息つきながらフラペチーノを口に運んだ。

もちろん当日、つまり明日は陰から自分も追いかけて監視するつもりだ。

(楽しみ)

ミントの風味を口いっぱいに感じていると、カフェのガラス越しに、予期せぬものが目に入った。

(広尾部長……？　それに……あの女子は)

私服姿の流星が、同年代の女子と並んで、駅前を歩いていたのだ。

しかも、珠季に引けを取らないほどの美人。

(これは、珠季先輩が気づいたら、ややこしいことになりそうだ)

「珠季先輩、あれ」

すかさず紫燕は珠季に言う。

なぜなら、面白くなりそうだから。

（カップルを演じているのはわかっているけれど、実際に珠季先輩が広尾部長のことを本当はどう思っているか……気になるところではある）

珠季がゆっくりと振り返り、歩く流星の姿を確認した。

その横顔を見て紫燕は一人ニヤリとした。

（これは、想像以上に面白くなりそうだ）

◆

「まずGEで服買うぞ」

「ああ、わかった」

瑠璃に先導され駅前の通りを歩く流星。

今の服装は黒いロングTシャツにベージュのチノパンだ。

さすがにこの格好でデートには行けないだろう。

といっても流星本人がデートにふさわしい服がなんなのか理解しているわけじゃない。

そこは大先生の瑠璃にお任せだ。

「GEは安いけど上下に靴下も買うからまあまあ値段は覚悟しとけよ」

「靴下も買うのか？　どうせそんなに見えないんだから靴下はよくないか？」

「甘いな流星。見えないところもオシャレしてる男子がモテるんだよ。実際、女子は男子の足元見てるぞ。そん時にダッサいスクールソックスなんて履《は》いててみろ。一瞬で幻滅だよ」

「そ、そうなのか……。じゃあ革靴も買うか」

「革靴ぅ？」

「足元見られてるんだろ？　靴もちゃんとしたほうが……」

「靴にも気を使うという発想は上出来だ。褒めてやる。だけど、デズミーみたいに動き回るデートで革靴なんて履いていったら逆に浮くぞ。そもそも私服コーデで革靴なんて上級者が扱うもんだ。高校生は高校生らしくスニーカーでいい。今履いているので充分かわいいからそのまま履いてけ」

「わからん……オシャレがわからん」

「そのためのあたしだ。ほら、行くぞ」

瑠璃が流星の手を掴《つか》みファストファッション店に連れていく。

その背後をコソコソと追う者がいた。

「紫燕、私ちょっと服が見たくて、そこのお店寄ってもいいかしら」

「はい、もちろん構いませんが、広尾部長に声をかけなくていいのですか？　あの人たちも同じお店に入っていきましたよ」

「あら、そうなの？ 見てなかったわ。まあ、あっちはあっちで友人といるんだし、無理に声をかける必要もないんじゃない。それより早く行きましょう」

「そうですね。お店の中も広いし、広尾部長たちを見失わないうちに行きましょうか」

「ええ、行きましょう」

（広尾部長を追うことに焦りすぎて否定するのを忘れてる珠季先輩かわいい）


流星たちは2Fのメンズフロアに来ていた。

土曜だということもあって店内は混み合っている。

比較的流星と同年代、もしくはその少し上に見える大学生くらいの客が多い。

メンズフロアなのに女性もチラホラいるのは、カップルで来客しているからだろう。

流星はフロアを遠目に見回す。

「まずはジャケットコーナーか……」

「は？ ジャケットなんて買わないぞ」

「え、でもデートなんだからそれなりに大人っぽい格好してくのがベターなんじゃないか？」

「まず大人＝ジャケットという考えが間違ってる。そしてデート＝大人という考えも背伸びしている高校生みたいでダサい」

「な、なんだよ。女子は大人っぽい男が好きなはずだろ」

「おまえは本当、ネットやアニメの知識で女子を知った気になるのよせよ」

「失礼な。直木賞《なおき》にノミネートされている大人な恋愛小説だってちゃんと目を通している。もちろん大衆文学だけじゃなく純文学だって……」

「あーあー始まった始まった。おまえは女子が好きな大人ってのを根本的に履き違えている」

「具体的に言うと？」

「いいか流星。女子の言う大人っぽいってのは余裕や自信のある男のことを指すんだ。高校生でデートにスーツみたいなジャケットやベストを着てきたり、大学生で親に買ってもらった高級車を乗り回してる奴が余裕あるように見えるか？」

「まあ、高級車乗り回してる大学生は男から見ても嫌なイメージだな」

「だろ？　特に女子はそういうの見抜くの得意なんだよ。おまえみたいな独りよがりに知識を披露しようとする奴もそいつらと一緒だからな」

「手厳しいこと言うな」

「私が言ってやんないと治らないだろおまえは」

「く……言い返せん。話を戻すが、じゃあ極論、俺が今している服装でもありってことか？一般的な高校生らしい格好はしてるつもりだぞ」

「なし」

「ダメだ……訳がわからなくて、もう投げ出したくなってる」

「身の丈に合った範囲でオシャレをしろってことだよ。おまえ、そこまで恋愛系のエンタメ研究してるなら恋愛リアリティーショー番組とかは見ないのか？　そこに出てるイケメン同年代のファッションとか学べよ」

「見ない。人の恋愛なんて見て何が楽しいんだ」

「ラブコメアニメだって人の恋愛じゃんか」

「二次元と三次元を一緒にするな」

「はいはい。拗《こじ》らせちゃんに聞いたあたしが悪かったよ。ほれ、これ」

そう言って瑠璃が無地の白いTシャツを渡してきた。

「なんだ、思ったより普通だな」

「白Tは鉄板だ。清潔感も出るし、色んなパンツと合わせやすい」

「でもサイズがちょっと大きいな。もう一個小さいサイズでいいぞ俺は」

「それでいいんだよ。上はオーバーサイズで着て、下はフォーマル感を出すためにタイトのボトムスを選ぶ。ほら、あとこれ」

次に渡されたのはテラコッタのシャツ。

「これもオーバーサイズだから、そのTシャツに重ねたらちょうどいい感じになる。色も秋っぽくていいだろ」

「そんなもんなのか」

「とりあえず一回試着してこい」

一緒に黒のスキニーも渡され、試着室の方へ押される。

「お、おう」

流星はされるがまま、カーテンを開け、試着室に入った。

そして、瑠璃が選んだ一式に着替え、再びフロアに出る。

「どうだ、瑠璃」

「おう、いいじゃんか。おまえ身長あるから似合ってるよ。まあ、やっぱ靴下がダサいな。差し色で赤とかにするか」

言われて、鏡を見る。確かに今履いているグレーの靴下がチラリと見えているが、そこだけなんだか野暮《やぼ》ったく見えるように感じてきた。

逆を言えば、トータルのコーディネートについては、いつもに比べて、シルエットから変わっているので、自分がかっこいい男に見えてくる。

ファッションが違うだけモテる男になった気分だ。

「こんなシンプルで安い服でもけっこう変わるもんなんだな」

「当たり前よ。あたしを誰だと思ってる」

「助かるよ。これは風呂写真を提供するほどの価値がある」

「ぐふふ、楽しみだ」

「顔がだらしないぞ」

などと言いながら流星は若干テンションが上がっていた。

(明日この俺の姿を見たら東福寺《とうふくじ》はどんな反応をするだろう。早く明日になって見せたい)


(かっこいい～!!)

試着室がギリギリ見える角度にある棚の陰で、珠季は悶絶していた。

(なにあれ、かっこいい。気取りすぎず、シンプルで清潔感もある。広尾君のスラリとしたスタイルにもすごい似合ってる!)

「広尾部長かっこいいですね」

「うんうん! そうよね……そ、そうかしら? 別に普通じゃない?」

「さっきまで着てた服装はなんだか子供っぽかったですけど、着替えたら見違えましたよ。一緒にいる女性のコーディネートでしょうか」

「さ、さあね。別に、私たちには関係ないじゃない」

「そうですか? 彼氏が別の女性と二人きりで休日を過ごしているのに加えて、服まで選んでもらっている姿を見ても気に障《さわ》らないなんて、さすが珠季先輩。心が広いんですね」

「お、お互いのプライベートは詮索しすぎないのが大人の付き合いなのよ。覚えておきなさい紫燕」

「はい、勉強になります」

珠季は冷静になった。

（そうだ……何を私はかっこいいだなんて……テンション上がっていたのだ。あの男は私という彼女がいるにもかかわらず、クラスメートの女子とあんな楽しそうにしてるのだ。なんて軽薄な男……。いや、でも別に偽のカップルなのだから問題ないのか。そうよね、そもそもあんな男が誰とどこで何をしてようと私には関係ないじゃない。か……関係ないわよね）

（苦悩してるのが全部表情に出てる珠季先輩かわいい）

ＧＥでの買い物を終えた流星と瑠璃は、大型ディスカウントショップのダンキ・コーテに場所を移動していた。

しかし、流星自身はここで何を買うのか把握していない。

一応、今いるのは美容コーナーだ。

「ダンキで何買うんだ？」

「んー、アイロンかな」

「アイロンなら母さんに言えば家にあるぞ」

「そっちのアイロンじゃなくてヘアアイロン」

「ああ、なるほど。でも俺の髪型にはアイロンいらないってこの前言ってたじゃん」

流星の髪型はオーソドックスなマッシュ。これも瑠璃のプロデュースだ。セット方法も難しくなく、ドライヤーで乾かす時に前の方へ流しながら形を作り、スタイリング剤を付けて終わり。ヘアアイロンを入れる工程はない。

「それはおまえの髪質と頭の形が綺麗《きれい》だから、アイロン作業を省略してるだけ」

「そうなのか。なんか照れるな」

「その遺伝子をくれたおばちゃんに感謝しろ」

「それじゃあ、本来やるはずのアイロン作業を明日は入れるということか」

「まあ、そうだな。あと髪型変えるから、アイロンは必須」

「え、変えるの？」

「うん。センターパートにする。毛流れ作るのと、分け目のボリューム出すためにアイロン使う」

「センターパートって真ん中で分ける奴だよな？　大丈夫かな。初めてやる髪型で似合わなかったらどうしよう」

「ウジウジするな。普段マッシュの奴がいきなりセンターパートにしてくるギャップがいいんだ。男らしさが出るしな。東福寺さんも惚《ほ》れ直すぞ」

「そ、そうか……それなら挑戦してみるか……」

「セットはあたしが明日の朝にしてやるから安心しろ。スタイリング剤はこの前のヘアバームで大丈夫だから、おまえは鏡の前でスタンバってるだけでいい」

「俺はおまえと幼馴染みであることを誇りに思うよ」

「そうだろ？　光星の風呂上がりバスタオル一枚写真も追加でよろしく」

「いいだろう。この俺に任せろ」

「さすが長男。頼もしいぜ！」

流星と瑠璃はガハハハと男友達のように笑い合う。

そんな二人を別コーナーの陰から覗《のぞ》く者がいた。

「広尾部長と女性の方、仲良さそうですね」

「そうね……」

「あれ、珠季先輩やっぱりちょっと嫉妬《しっと》してます？」

「し、してないわよ！」

「しっ……。あんまり大きな声を出すと広尾部長たちに見つかりますよ」

「あ、ああ……ごめんなさい」

「ところで、珠季先輩」

「何？」

「ここ、私たちがいると邪魔になるコーナーのようです」

「え？」

紫燕が目で珠季の視線を誘導する。

その先には何人かの男性客が困惑した表情でこちらをチラチラ見ていた。

「ここでお買い物をしたいであろう殿方たちが困っていますね」

珠季は自分がいるコーナーの商品を改めて確認する。

それらが何に使うものか全く見当はつかなかったが、ここがアダルトコーナーであることは理解できた。

「ちょっと、紫燕早く言ってよ！」

紫燕の手を摑んですぐにコーナーから飛び出す珠季。

「すみません。珠季先輩があまりにも広尾部長を追うことに熱心だったので、水を差すといけないと思いまして」

「差しなさい！　むしろバケツ分の水をかけてでも目を覚まさせてちょうだいよ！」

「あ、広尾部長たちいなくなってしまいました」

「え⁉」

気づくと、美容コーナーにいたはずの流星たちが姿を消していた。

広い店内。一度見失った彼らと再び遭遇するのは、簡単じゃないだろう。

「残念でしたね」

「別に私は自分の買い物がしたかっただけだから。ほら、このお菓子好きなの」

そう言って横にあった見たこともない海外のお菓子を手に取る。

(はあ……せっかくの休日に、私は何をやっているんだろう……)

そんな珠季を見て紫燕は、

(少し遊びすぎたかな。フォロー入れておくか)

「広尾部長の彼女は珠季先輩なんですから自信を持ってください」

「言ったでしょう。そもそも私は彼が誰とどこで何をしてようと気にならないと」

「そうでした。失礼しました」

(強情な珠季先輩もかわいい)

「もう帰りましょうか」

「あ、その前に寄りたいところあるので、珠季先輩付き合っていただけませんか?」

「あら、そうなの。いいわよ」

ニコッと笑って紫燕はディスカウントショップの出口に向かった。

(明日の楽しみを増やすためにも、たまには後輩らしいアシストしなきゃな)

有崎紫燕の策略はまだまだ続く。

ACTOR 広尾流星

アイスとホット、どちらのドリンクを運ぶのが正しいのだろうかと、給仕人を悩ますような生温い気温の中、俺《おれ》はそっと自室の窓を閉めた。

朝の六時。

緊張からか、予定よりも早く起床して覗《のぞ》いた空模様は良好な晴れ。

人はこんな日をデート日和と呼ぶのだろう。

文系一位の俺、広尾流星《ひろおりゅうせい》は、
理系一位の女、東福寺珠季《とうふくじたまき》と、
今日、デートをする。

もちろんこれは俺が望んだことでもないし、特別なイベントだなんても思っていない。

仕方なく、後輩の頼みで行われる、なんてことのない消化作業。

だから、早朝に目覚めたのは、緊張していたからかなどと言ってはみたものの、ちゃんと考えれば緊張する道理などないのだ。

たかがデートである。

かといって準備を怠るわけにはいかない。

休日のデズミーランドならば、同じ学園の生徒に遭遇する可能性だってあるし、事の発端《ほったん》である有崎紫燕《ありさきしえん》が偵察に来ることも考えられる。

俺と東福寺が偽のカップルであるとバレないように、何パターンかの台本は用意しておいた。

また、東福寺自体に対しての対策も必要だ。

俺はデズミーランドに行ったことがない。

だからどんなアトラクションやイベントがあるのか知らない。

しかし、それを東福寺に悟られるのだけは避けたいのである。

確かに、俺と東福寺は偽のカップルではあるが、かといって、奴《やつ》にカッコ悪いと思われるのは文系一位の男子としてプライドが許さない。

俺が女子とのデートに動揺してる姿を見せるなんて言語道断。

絶対にあってはならないことだ。

スマートにエスコートし、慣れている男を演じる。

そのために幼馴染みの瑠璃《るり》にアトラクションを巡るプランを考えてもらい、しっかりと頭に叩《たた》き込《こ》んだ。

対策はバッチリだ。

まだ多少残っている眠気を取り除くため、俺は一度シャワーを浴びることにした。

そして、軽い朝食をとり終えてから自室に戻り、何冊も並んだ本棚から恋愛小説だけをピックアップし、机に積んだ。冒頭を読んでは閉じ、次の作品の冒頭をまた読んでは閉じを繰り返しているうちに、ヘアセットのために呼んでいた瑠璃からラインが入る。玄関の前に着いたようだ。

瑠璃を部屋まで上げ、鏡を用意して椅子《いす》に座る。

「悪いな、朝早くに」

「別に日曜でもこの時間には起きてるから平気だよ。それより何その本の山」

「ああ、恋愛小説の冒頭を読み返したら何か参考になるかなと」

「なんで冒頭だけなんだよ」

「俺くらいになると出会いのシーンまで読めばそのあとの結末までは細かく思い出せるからな。効率を求めるのは好きじゃないが、できるだけ多くのパターンをインプットしておきたい」

「気合入ってんだな」

「そ、そういうわけじゃ……っ」

デートに慣れている男を演じるには必要なことなのだ。別に東福寺とのデートだから気合を入れているわけじゃない。

「本から勉強するのもいいけど、知識ばかりであんまり頭でっかちになるなよ」

「ふん……わかってるよ」

「じゃ、セットしてくか。ドライはしてあんな」

「ああ。おまえに言われた通り、ドライヤーである程度の形は作っておいたよ」

「うん、上出来。ちゃんとセンターで分かれてるし、分け目のボリュームも出てるよ」

そう言って、瑠璃は昨日買ったばかりのヘアアイロンを前髪から通す。

器用にやるもんだ。

「そういや流星」

ふいに瑠璃が言う。

「何?」

「おまえ、本当は東福寺さんと付き合ってないだろ」

「なっ! あちっ!」

「こら動くな。おまえの頭上には一六〇度のプレートがあるんだ。ジッとしてないとヤケドするぞ」

「だって、おまえが急に変なこと言うから」

「変なことじゃないだろ。おまえの昨日の様子見てりゃわかる。何歳からの付き合いだと思ってんだ」

何歳からと言われれば〇歳から。

生まれた病院も一緒らしい。

やはり、学園の生徒は騙《だま》せても、幼馴染みの目は騙せないらしい。

「まあ……訳あってな」

「三次元恐怖所を克服できたと思ってたのに、残念だよ」

「余計なお世話だ」

「でも東福寺さんのことは好きなんだろ?」

「はあ!? って、あっちいいい!」

「だから動くなって」

「確かに俺たちが演技の偽カップルだということを見破ったおまえはさすがだ。だけど、俺があんな堅物女を好きだなんて勘違いもいいところ。おまえの言う通り俺は三次元に興味はない」

「三次元に興味がないってのは、単に理想の女子がいないってだけだろ? その理想の女が東福寺さんだったたんじゃないのか」

「どこが。あんな計算でしか動かない、打算的な理系女。俺が理想としているヒロインたちとは真逆だ」

「東福寺さんはそんな風に見えないけどな。クールでカッコいいじゃん」

「それはあいつがそういう女を演じてるからだ。女優という意味では完璧《かんぺき》な女かもな。実際はただ冷徹で、癇癪《かんしゃく》持ちで、暴言ばかり吐く口の悪い女だよ」

「でも、おまえが好きな創作の世界でもツンデレって人気なんだろ？　ラノベとかアニメとか」

「デレがあればな。あれは中身がピュアという前提があるんだよ」

「その中身がピュアだって気づいたから東福寺さんのこと好きになったんじゃないのか？　ほら、おまえも中身はヘタレのくせにカッコイイ男を演じてるから、シンパシーを感じたんだろ」

「だから好きじゃないって」

「まあ、強がるのはいいけど……」

アイロン作業が終わったのか、瑠璃はアイロンを置き、ヘアバームを俺の髪にサッと付けた。柑橘系のいい匂《にお》いがする。

「流星、あたしは小二までおまえのことが好きだったんだ。おまえもあたしのこと好きだったろ？」

「な、何を急に昔の話を」

「だけど、あたしが光星《こうせい》に乗り換えた理由知ってるか？」

「乗り換えたって言い方悪いな」

「おまえが全然あたしに好きアピールしてこなかったからだよ。あたしはあんなにアピールしてたのに」

「まあ……」

確かに小さい頃、瑠璃が俺のことを好きなのはわかっていた。そして、俺も瑠璃のことが好きだった。

「ガキの恋愛ごっこなんて、たかが知れてるけどさ。小さいながらにあたしは、『ああ、こいつはあたしのことを好きでも言葉で表してくれないダメな男なんだ』なんて、いっちょ前に幻滅してたんだよ」

「小二なのに辛辣《しんらつ》だな。泣くぞ」

「あはは。それくらい女子ってのはマセてんだよ。ましてや――」

瑠璃はセットを終え、手をタオルで拭いてから、俺の両肩にポンと載せた。

「高校生の女子なんて、男子の思ってる数倍、大人だぞ。二の轍を踏むなよ。これは幼馴染みとしてじゃなく、元おまえを好きだった女子としてのアドバイスだ」

「ふん。勘違いで語られても困る。それと元おまえを好きだった男子からのアドバイスもしておこう。好きな男の風呂《ふろ》写真で喜ぶ変態に男子はなびかん」

そう言って、俺は昨夜盗撮しておいた弟の写真を瑠璃のスマホに共有してやった。

「ふおおおおおおおおおおおおおおおお！　光星ちゃんのチラッと見える鎖骨と胸筋、神スギイイイイイイイ!!　お兄ちゃん神!!　流星大好きい!!」

背後からギュッと抱きつく変態幼馴染みのテンションに若干引きながら、俺は鏡に映る自分の顔を見た。

おでこを出し、いつもと違うヘアスタイルをしている自分は、まるで仮面を被っているようだった。

いったい、演技をしている俺はどの俺なんだろう。

演技をしていない俺は、どの俺なんだろう。

そう考えると、人間なんて、みんな役者なんじゃないか。

日曜の朝、柄にもなく、そんなことを思った。

◆

デズミーランドの開園時間は九時だ。

たいていの商業施設は九時、もしくは十時から開くことが多いけれど、この基準はいったいどこの誰《だれ》が作ったのだろう。

朝の六時から開いている施設があったっていいじゃないかと無責任なことを思ったりもするけれど、俺の知らない様々な事情によって、その時間は避けられていることは間違いない。

例えば、労働だとか、集客だとか。

東福寺にこんな話をしたら、生物学的に見た人間の活動時間がうんたらなんて話をされそうだ。

まあ、でも文系の俺でもわかることは、この時間に浴びる日光は人間にとって良いものなのだろうということ。

だって、特に理由もないのに活力がみなぎり、なんだかテンションが上がるのだから。

眩しいくらいの日光を浴びながら俺が立っているのは、デズミーランドの最寄り駅を出た改札前。

昨日瑠璃に選んでもらった服装に、ダンキ・ホーテでアイロンと一緒に購入したサコッシュを肩から掛けて、東福寺を待つ。

家を出る前に姿見で確認した全身のコーデは、我ながら様になっていた。

さすが、陽《よう》キャの代表、南山《みなみやま》瑠璃である。

こいつにコンサルを頼んで失敗した試しがない。

東福寺がこの姿を見たらどんな反応をするだろうか。

ワクワクしながら待っていると、改札の方から声がかかった。

「おまたせ」

「おう」

カッコつけながら俺は振り返る。

東福寺の到着だ。
驚いたのはその姿である。
勝手に東福寺の私服はキレイ系のパンツスタイルだと想像していたが、実際は真逆。
パープル系のチェック柄をしたワンピースに、髪型はというと……三つ編みだ。
正直、大人っぽいか子供っぽいかと聞かれたら、有無を言わさず子供っぽいのだが。
これがどうしてか、クールな東福寺の顔立ちと反して、凄《すさ》まじく似合っている。
これがギャップ萌えというものであろうか。
ハッキリ言って、かわいい。
元々俺は、東福寺の性格がいけ好かないというだけで、容姿については認めている。
学園一の美少女だと言われることにも疑問を感じていない。
ただ、タイプではない。
そう、別にタイプではないはずなのに。
今日の東福寺はドストレートにタイプだった。
ちょっとドキドキしてしまうくらいに。
しかし、そこで俺は我に返る。
俺が魅了されてどうする。
普段とのギャップを見せつけて、反応を楽しむのは俺の方だったはずだろ。

そうだ、俺だって、いつもの制服姿や髪を下ろしたヘアスタイルではないのだ。

ギャップを狙《ねら》った、覚醒《かくせい》版、広尾流星。

さあ、どうだ東福寺。

地味なフツメンでも、陽キャの手が加わればここまでイケメン風になれるんだ。

なんなら惚《ほ》れてしまってもいいぞ。

今の姿のおまえとなら、交際を検討してやらんでもない。

自信ありげに俺が東福寺の表情を確認すると……、

「おい」

「何？」

「何じゃなくて。なんで顔を背《そむ》けてんだよ」

「別に。日差しが眩しいだけ」

「むしろ東の方向いちゃってるから。日差しそっちから来てるから」

「うるさいわね。癪《しゃく》だわ」

これは……。

成功してる？

もしかして俺があまりにもカッコイイもんだから、こっちを見れないんじゃないかこいつ。

よし、つついてみよう。

「まさか照れてんのかおまえ？」

「は、はあ？ 自惚れないでくれる」

「じゃあ、こっち見ろよ。一応デートだぞこれ。うちの学園の生徒もいるかもしれないのに。

彼女が顔を背けてたらおかしいだろ」

「わかってるわよ！ うるさいわね」

そう言って、ゆっくりと顔をこちらへ向ける東福寺。

その頬《ほお》は赤らんでいて、上目遣《うわめづか》いで俺を見る。

「ちょっと、いつもとのギャップでびっくりしただけ」

その瞬間、俺は首を捻挫するんじゃないかという速度で顔を背けた。

やばい。

今のはやばい。

クソ……、なんで今日の東福寺はこんなにかわいく見えてしまうんだ。

ミイラ取りがミイラになってどうする。

「とりあえず、向かうか」

何がとりあえずなのか自分でもわからないまま、俺は東福寺の目も見れずに歩き出した。

こんな姿を見られたら、幼馴染みに叱られるのだろう。

◆

目的地のデズミーランドに着くと、開園直後だというのに、たくさんの人で溢《あふ》れ返っていた。

さすが全国随一のテーマパーク。

そんな人波をかき分けながら、俺は東福寺を連れて先導する。

「こっちだ」

まずエントランスを抜けてすぐ見える海賊船のアトラクション。

ここはスルー。

なぜなら開園直後の場合、みんな、いち早くアトラクションに乗りたいと考えるので、とりあえず目に入る海賊船に並びがちだからだ。

なので待ち時間が長くなる。

それよりも奥の、地下探索風ジェットコースターの方が、少ない待ち時間で乗れて効率的だ。

と、瑠璃が言っていた。

さあ、東福寺ついてこい。

俺がカッコよくエスコートしてやる。

幼馴染みが作ってくれた完璧なルートで。

「あ、そっちじゃない」

グッと袖《そで》を引っ張られた。

「うおっ」

けっこうな力で、俺はつい声を上げる。

「何その声。気持ち悪いわね」

「おまえが急に引っ張るからだろ」

「だって、そっちじゃないんだもん」

「そっちじゃないってなんだよ」

まさか……こいつ。

瑠璃よりもデズミー上級者なのか⁉

「昨日事前にラインしたけど、今日は動画じゃなくて写真撮ってインストに上げればいいから」

「ああ、有崎がそれでいいって言ってくれたんだろ？」

「そう。だから、写真の映《ば》えるスポットを回るルートで行くわよ」

やっぱり！　こいつ上級者だ！

そうか、女子高生にとってデズミーはもうアトラクションを乗る場所じゃなく、映えスポットを巡る場所になっていたのか。

しかし、これは瑠璃のプランが悪いわけじゃない。

俺が予め、どうせ東福寺も大してデズミーランドの知識もないだろうと、初心者向けのプランをお願いしていたのだ。

つまり俺の予測ミス。

このままだとエスコートするどころか、逆にエスコートされる側になってしまうじゃないか。奴のルートに一度でも乗ってしまったら、そこで試合終了。二度と俺のペースには引き戻せないだろう。

強引《ごういん》にでも俺のプランで進めないと。

「写真は昼頃の方がいいんじゃないか。午前中からインストにアップしても見る人少ないだろ。せっかくなんだし、まずはアトラクションを楽しもう」

「えっ……」

東福寺が困惑した表情を見せる。

さすがに無理があったか。

しかし、ここは譲れない。

ただでさえ、勝手がわからないパークなんだ。急にプランを変えられても困るのだ。

「ほら、行こうぜ」

「ちょ、ちょっと、待って」

おいー。頼む、了承してくれ。粘らないでくれ上級者。初心者とバレたくないんだよお。

「どうした、あっちも混んできちゃうぜ」

「え、えーっと。あ……ごめん、ちょっと電話来た」

そう言ってスマホを取り出して東福寺が俺から少しだけ距離を取る。

こんな時間に誰からだろう。

ともあれ、この隙《すき》に瑠璃にラインして、念のための代案プランを要求しておくか。

なんて思ってるうちにすぐ東福寺が戻ってきてしまった。

くそ……。

そして、戻ってくるなり、東福寺は先ほどの困惑した様子とは打って変わって、

「ダメよ。こっちのルートで行くから」

くそお!!

なんなんだよ、この堅物女！

本当に頑固だな！

ちょっとくらい折れることを覚えろよ！

だけど俺だって意地ってもんがあるんだ。

「そんな固くなるなって。余裕を持って楽しむのもデズミーランドの醍醐味だろ」

どうだ、ぽいだろ？

なんかデズミーランドに慣れてるっぽいだろ！

「え、あ、はあ？　ちょっと待って、また電話来たから」

さっきから誰と電話してんだよ！

いちいち話の腰を折るなよ！

いや、これはまたもチャンスじゃないか。

瑠璃にラインを……。

「やっぱりダメよ。こっちのルートでも充分余裕持って動けるから」

戻ってくるのが早いんだよ！

「いや、でもな」

「もしかして広尾君。デズミーランド初めて？」

「は、は、はあ？」

「なんかアトラクションにこだわってるから」

「そんなことないけど？　一周回って通はアトラクションにこだわるんだけど？　そっちこそあんま詳しくないんじゃないか」

「え？　いや。はあ？　何言ってるのかしら。はあ？　通アピールでマウント取ろうとするなんて、随分余裕ないのね。はあ？」

「余裕ありありのありだけど？」

「どうかしら」

「なんだよ」

「何よ」


「あ、演劇部カップル」


どこからか声がした。

振り返ると、同年代の女子が四人ほど。

髪がみんな明るめでギャルっぽいメンバーの集まりだ。

私服姿なのでどこの学校かはわからないが、「演劇部カップル」だなんて単語を口にするくらいだから、うちの学園、もしくはその近辺であることは間違いないだろう。

俺は即座に東福寺と目を合わせ、

「台本B—4番」

「了解」

案の定、女子たちはこちらへ近寄ってくる。

「あのー、広尾先輩と東福寺先輩ですよね」

どうやら下級生らしい。

「あら、こんにちは。峰藤《みねふじ》の生徒?」

東福寺の定型文に女子たちは、

「はい。テニス部でーす」

「東福寺先輩、超美形で草。広尾先輩もオシャレで草超えて花」

「それな」

「演劇部カップル、テニス部でめっちゃ話題だよね。インストでバズってたし」

出たな女子テニス部。

バズっていたのも俺たちを盗撮したおまえらの部員が投稿した写真だけどな。

「俺たちみたいな普通のカップルを知ってくれていて嬉《うれ》しいよ」

「そうね。でも広尾君は普通じゃないわよ。すごい優しくて、かっこいいもの」

「それを言うなら東福寺の方が知的だし、かわいいよ」

そんな俺たちの心のこもっていないやり取りを見て、女子たちはキャーキャー言う。

少し台本の内容がわざとらしく見えるかもしれないが、噂ってのは尾ひれがつくものだ。特にマイナス方面に。

ちょっとした部分でビジネスカップルを勘繰られるよりも、これくらい過剰なアピールをしておいた方が、かえってちょうどいい塩梅で伝わるのだ。あそこのカップルは本当に仲がいいと。

峰藤学園の広報部と言われるテニス部が相手ならなおさら。

「ねえねえ、先輩たち。写真撮ってもいいですか?」

四人のうち、一番最初に話しかけてきた子が言った。

もちろん、写真を撮る流れまで台本では想定していないが、この子たちが撮った写真をSNSに上げてくれれば、これから俺たちが投稿する予定のものにも説得力が増すだろう。

彼女らの申し出を快く承諾し、写真を撮ってから別れる。

女子たちは東福寺が提案した映えスポットルートの方向に消えていった。

「ほら、あの子たちもあっち行ったじゃない」

「まあ、そうだな……」

第三者の賛成票を提示されたら反論もしにくい。

「それより、台本とはいえ、かっこいいだなんて自分で書いていて恥ずかしくないの?」

「別に。そこに俺の感情は乗せていないからな。次のセリフを見ろ。おまえにもかわいいと言っているだろ」

「ふーん。確かにあなたの感情を乗せてかわいいだなんて言われたら、むずがゆくてたまったもんじゃないわね」

「いちいち一言《ひとこと》多い女だ」

「言《こと》葉《ば》を扱うのが文系の得意分野じゃないの?」

「言葉にしないというのも文学の持つ美徳の一つなんだよ。減算の重要性は理系でもわかると思っていたが。やはり理系女とはウマが合わないな」

「はいはい。……そんなに文系がいいならあの子とデートすればいいじゃない」

「なんか言ったか？」

ゴニョニョ喋《しゃべ》る東福寺に俺は聞き返す。

「別に。早く映えスポットで写真撮ってノルマ終わらすわよ」

相変わらず、不機嫌そうに歩き出す東福寺だった。

◆

午後三時。

三枚目の写真を撮り終え、俺たちはパーク内のカフェで休憩を取っていた。

インストに投稿した三枚の写真はいいね数も順調に伸びている。

結局、デズミーを回るルートは東福寺に主導権を握られ、せっかく瑠璃に教えてもらい頭に叩き込んでいた俺のプランは今のところ不発に終わっていた。

東福寺がこんなにもデズミーランドの映えスポットを知っているなんて、計算外だった。

そうなるとなおさら、俺が不慣れであることを悟られたくないのだが、

「どうしたのさっきからソワソワして？」

「ソワソワしてる？　俺がか？」

「うん。なんかキョロキョロ周り見てるし。何か探してるの？」

「別に。このカフェも綺麗《きれい》になったなあと思って」

「綺麗になった……？　どの辺が？」

やばい、つい適当なことを。知りもしないくせに嘘《うそ》をつくと収拾がつかなくなるぞ。だけど一度ついた嘘はさらなる嘘を重ねるしかない。これが小さな嘘で大失敗する人の心理か。

「カウンターとか……」

「……ああ、確かに。綺麗になったわね。私も、この前来た時に思ってたのよね。このカフェ、カウンターが綺麗になったらもっといいのになって」

「そ、そうだよな。客のニーズがわかってるなんて、さすがデズミーだよな」

「うんうん。そうよね」

セーフ⁉　奇跡的にセーフだった！

いや、こんなの本当にただの奇跡だ。もうその場を誤魔化《ごまか》すためだけに適当な嘘をつくのはやめよう。

というか、俺が辺りをキョロキョロしていたのはトイレを探していたからだ。

屋外のトイレならこっそりパンフレットを見れば場所も把握できるが、屋内のカフェではどこにトイレがあるのかわからない。

けっこう広いカフェだ。

無鉄砲に席を立ってウロチョロしていたら、東福寺に「あれ、こいつトイレの位置もわからないなんてデズミー来たことないんじゃね？」と思われる恐れがある。

できれば、先にある程度の位置を摑《つか》んでおきたく、トイレマークの案内板を探していたのだが、なかなか見つからず、かえってソワソワしていると怪しまれてしまった。

そもそも、もう膀胱《ぼうこう》も限界で、座ってるだけでもソワソワしてしまうんだ。

クソ……どうすれば。

もう、一か八かでとりあえず立っちゃうか。

「私ちょっとお手洗い行ってくる」

飲んでいたカフェラテをテーブルに置いて、東福寺が言った。

しめた……。

先に東福寺がトイレに行ってくれれば、その背中を目で追っておけば、だいたいの場所がわかる。

東福寺が戻ってくるまで膀胱が持つかは心配だが、我慢するしかない。

「おう。荷物見ておくから行ってきな」

「うん」

助かった……、そう思った瞬間である。

「あ、もしかして、広尾君もトイレ行きたかったんじゃないの？」

「え？」

「荷物のこと心配なら私見ておくから先に行ってきていいよ」

はあ⁉　なんでそうなるんだよ！

いや、行けよ！　俺のことはいいから、先に行けよ！

死亡フラグ立たせている仲間みたいな心情を隠しながら、俺は冷静に答える。

「いいよ、東福寺が先に行ってこいよ」

「いいわよ。広尾君がお先にどうぞ」

「いや、いいって。東福寺が先に」

「いいから広尾君が」

「東福寺が」

「広尾君が」

なんだよコイツ！

なんでこんな粘るんだよ！

ああ、ダメだ。もう限界。

四の五の言ってられない。

「わかった。俺が先に行ってくる」

俺は席を立ち、とりあえず勘で通路を歩く。

とりあえずそれっぽいところに向かえば……。

あった！

案内板が見えた！

あぶない。ここぞってところで勘が冴《さ》えてくれた。

書かれている矢印の方向に早足で向かい、無事トイレに到着。

用を足して、俺はスッキリした表情で、席に戻った。

が、そこに東福寺の姿はなかった。

我慢できずにトイレに向かったのだろう。

だったらさっさと先に行けばよかったものを。

まあ、荷物は無事だし、さすがにこの件でこれ以上責めるのは女子相手にデリカシーがないか。

事なきをえた安堵《あんど》感から寛容になっていた俺は、そのまま席に座って、ボーッと前を見る。

前のテーブルにはツインテールの綺麗な女子が一人でスイーツを食べていた。ゴスロリというのだろうかあのファッションは。

キュートな前髪の割にクールな顔立ちをしている。

うん、いや。

俺は再び立ち上がり、前のテーブルまで足を運び、その女子の向かいに座った。

「何してるんだ有崎」

「あれまあ。これは広尾部長。奇遇ですね」

「奇遇なわけあるか。やっぱり偵察に来ていたか」

「さすがですね。私の行動も読んでいましたか」

「予測はしていたが、まさか本当に実行されるとは思ってなかったから、ちょっと引いている」

「後輩に向かって酷《ひど》いことを言いますね」

「それで、いつから見ていたんだ」

「いつからと言われると返答しにくいですね。具体的な時刻などは覚えていませんから」

「じゃあ、具体的な行動で教えてくれ。俺たちが何をしていたところからだ」

「ああ、それなら。広尾部長が珠季先輩の私服姿にニヤニヤしながら興奮していたところからです」

「よし、話を聞こうか」

「まあまあ、そんな恥ずかしがらずに。珠季先輩も同じようなものでしたから」

「同じようなもの？」

俺は東福寺がトイレから戻ってこないかチラチラと確認しながら有崎に聞く。

「はい。広尾部長の気合が入った渾身の、ここぞとばかりの、デートに照準を合わせたルックスを見て珠季先輩も悶絶していました」

「おまえちょいちょい俺のことバカにするよね？」

「とんでもない。そんなカッコイイ姿見たら珠季先輩もそりゃ顔を赤くしますよ」

確かに、あの時の東福寺は顔を赤くして、本気で恥ずかしがっていたようにも見えた。それじゃあ、やっぱり俺の作戦は成功していたわけだ。

「そ、そうか……」

「何ニヤついてんだよ気持ち悪い」

「え、有崎？」

「これは。心にもあることをつい口走ってしまいました」

「だから、せめて心にもないことを口走れ」

「ちなみに、珠季先輩も今日に備えてファッション雑誌やモデルさんのインストを見漁《あさ》っていましたよ」

あの堅物女がそんなことを……？　にわかには信じがたいが、有崎がこういうことで嘘をつくことの方がありえないだろう。

「それと……」

有崎は続ける。

「広尾部長、デズミー初めてですよね？」

「は、はあ？　何を言うんだよ。デズミーくらい何回も来てるぜ」

「あ、私にはそういうのいいですから。珠季先輩じゃあるまいし、騙されませんよ」

「すごいな。たった一回の返しで二人の先輩をこき下ろしたぞ」

「あの一緒に買い物をしていた女性にプランでも考えてもらったのでしょう？」

「おまえ……もう一度聞くが、いい、いつから見ていた？」

「これは本当に口走りました」

「だろうな」

「まあまあ、それは置いておいて」

「置いておけるか！」

「広尾部長に有益な情報差し上げますから」

「有益な情報？」

それはちょっと気になる。

「先ほど、珠季先輩も同じようなものと言いましたよね？」

「ああ、言ったな」

「これがヒントです」

「え、何？　俺、謎《なぞ》解きゲームでもやらされてんの？　差し上げるって言ったんだからもったいぶってないで言えよ」

「カーッ。これだから文系は。自分で考える脳みそをドブにでも落としてきたのかしら」

「君、ケンカ売ってるのかな」

「今のは珠季先輩のマネです」

「だから同時に二人の先輩を貶《けな》すのやめなさい」

「ですから、珠季先輩もデズミー初心者です」

「……ふぁ?」

「はファイトのファー」

「いや、ドレミの歌ゲーム仕掛けたわけじゃないんだよ。東福寺がデズミー初心者? あんなに映えスポットを知ってるのに?」

「あれ、全部私の指示ですから。広尾部長が自分のプランを押し通そうとした時、珠季先輩誰かと電話してたでしょう?」

「ああ、してた! もしかして」

「私です」

「なんだよ!」

「めちゃくちゃ焦《あせ》って電話してきましたよ。『紫燕~どうしよう~。広尾君が違うプラン提案してきたんだけど、そっちのほうがいいかな~、うう~』って」

「おまえ東福寺のこと本当は尊敬してないだろ」

「いやこれはマジなんですって。こんなテンションで電話してきたんですって」

いつもポーカーフェイスの有崎が珍しく、目を見開いて訴えてくるので本当なのだろう。

「いや待てよ。だとしたら俺のプランを却下したのは」

「はい、私です。有無を言わさずにダメだと言いました」

「おまえ……」

「私の指示に従いなさい、このイベントの主催者は私ですよ、と」

「デスゲームの支配人やったことある？」

「人の考えたプランをさも自分が考えたかのように提案してくる広尾部長もムカついたので、そこはこちらのプランを押し通させていただきました」

「もうツッコまないぞ。じゃあ、何か。東福寺の奴め、自分も初心者のくせに上級者ぶってマウント取ってきてたのか」

「いや、テメーもだろ。これは。心にもあることをつい口走ってしまいました」

「早い早い。定型のやり取りを時短すな」

「これで今起こっていたトイレの押し問答の謎が解けたでしょう？」

「つまり東福寺もトイレの場所がわからないのを悟られたくなかったのか」

本当に謎解きゲームのようだった。

東福寺が今日行ってきた一連の言動が、見事に新しい解釈でひもとかれる。

「お二人ともそんな互いに気負いせず、自然体でデートを楽しんでください」

「おまえが言うか」

「後輩としては仲良くしてほしいのですよ。演技をしていたら本質を見失いますよ」

「………」

「あ、珠季先輩が帰ってきましたよ」

「やばい」

俺はすぐに元の席に戻る。

東福寺の視線を確認するかぎり、なんとか有崎と話していたことはバレていないようだ。

席に着いた東福寺が座りながら俺に言う。

「ごめんなさい。ちょっと待てなくてお手洗い行っちゃった」

「いや、大丈夫だよ」

「そろそろ次のスポット行きましょうか」

「ああ、そうだな。けど、その前に言わなきゃいけないことがあるんだ」

「何改まって」

「ごめん。俺、実はデズミー初めてなんだ。それを知られたらダサいと思われるんじゃないかと思って、知ってるふりしてた」

俺は東福寺に頭を下げた。

こればっかりは演技じゃなくて本心で。

なんだか俺だけ東福寺がデズミー初心者だと知っているのはフェアじゃない気がしたのだ。

「あ、え……？　そうなの？　なんだ……。実は私もなの。その……黙ってて、ごめんなさい。逆に気を使わせたようね」

そして、東福寺も素直に返事してくれた。

こいつのこういう真っ直《ます》ぐなところは嫌いじゃない。

皮肉で返せる場面、真剣に向き合う場面。その状況を冷静に判断できるのが東福寺珠季だ。

「そうか、気づかなかったよ」

「私も気づかなかったわ。まあ、さすが演劇部同士ってことね」

「あはは。そうだな」

これまで互いに演技をし合ってきた二人だが、それは偽カップルという共通の秘密を隠すため。

今日みたいな、それぞれの知らない秘密を隠し合ってする演技は居心地が悪い。

たとえ東福寺が相手だとしても。

いや、俺がライバルと認めている東福寺が相手だからこそかもしれない。

「でも、広尾君のプランは説得力あったわね。私は紫燕に言われた通りのルートを辿《たど》っていただけ」

「ああ、俺も瑠璃の入れ知恵だよ。ほら、クラスメートの」

ガタン――。

東福寺が急に立ち上がった。

「もう行きましょうか。時間もないし」

「ああ……。何か怒ってる？」

顔が怖い。

「は？　別に」

やっぱり怖い。

「なら、いいけど」

「さっさとあなたも席を立ってくれる？　時間がないって言ってるでしょ。文系は時間の計算もできないわけ？」

「でも、写真のノルマはあと二枚だろ？　有崎からスポットも指示されてるなら余裕で閉園時間までに間に合うと思うけど」

「うるさいわね。私が時間がないって言ったらないのよ。癪だわ」

理不尽だ。

けれど、ここで言い返したら、なんだか話が拗《こじ》れる気もするのでやめておこう。

さっきまで穏やかだったのに、一体どうしたというのだろうか。

正直、俺のラブコメ知識だけでは予測がつかない。

まったく、これだから三次元の女は面倒だ。

何がいけなかったのか、あとで隙を見て有崎に聞いてみよう。

◆

十七時半。

最後の写真を投稿し終えた。

パークの中央にある大きな噴水の前で撮った写真だ。

今のところ反響は大きく、確かにこれなら来年の入部希望者も格段に増えることだろう。

噴水の周りに設置されているベンチに座り、一息つく。

相変わらず東福寺は不機嫌そうだ。

俺は気まずい空気から目を背けるように空を見上げた。

既に日は落ち、うっすらと星々が見え始めている。

「ノルマも達成したし、帰るか」

正直デートらしいデートはしていない。

結局アトラクションにも乗っていないし、売店でチュロスを買って歩きながら食べる……なんて高校生らしいこともしていない。

これじゃあ本当に広報活動の一環になってしまうが、俺たちはビジネスカップルの何者でもないのだから、実際のところそれが正解とも言える。

だとするならば、目的が済んだ今、残るのは帰宅のみである。

一応、十八時からパレードが始まるらしいけれど、東福寺に提案したところで却下されるだろう。

賑やかなの嫌いそうだし。

しかし、不機嫌そうな東福寺をこのままにして、本当に帰宅を選んでいいのだろうか。

不機嫌そうなのはいつものことだが、俺も東福寺とは演劇部に入部してから一年半近くの付き合いだ。

なんとなく、放っておいていい不機嫌さと、そうでない不機嫌さの違いくらいはわかる。

今日のは後者だ。

「それともパレードだけ見て帰るか?」

ダメもとで聞いてみる。

「パレードなんて見て楽しいの?」

やっぱり、そっち側の人間だよな、おまえは。俺もだけど。

「そうだな。人混みになると疲れるし。じゃあお土産コーナーだけ寄って、帰るか」

「まだ」

「ん？」

「まだ……その……」

東福寺が最後に何かを言おうとしたタイミングで、大きな声が辺りに響いた。

「あー！　瑠璃先輩！」

俺と東福寺は声がした方に振り向く。

午前中に写真を撮ったテニス部の四人組だ。

声を出した主《あるじ》は指をさして嬉しそうにその場に跳ねている。

その指の方を見てみると、

「しっ！　バカ！　うるさいよ！」

キャラクターのカチューシャをした瑠璃がいた。

テニス部の四人は瑠璃の方に駆け寄る。

「瑠璃先輩何してるのー？　もしかして一人デズミー⁉」

「ちげーよ！　てかなんでおまえらいんだよ！」

「いや、フツーにウチら遊びに来てるだけだよー。瑠璃先輩は一人じゃないなら彼氏と？」

「ま、まあ……彼氏？　みたいなもんと？　来てるけど」

「なんか怪しぃー」

「うるせーな。いいから散れ。ほらパレードの場所取りしなくていいのか？」

「ああそうだった！　じゃあ、またね瑠璃先輩！」

「……ったく。これだからテニス部は」

ひと騒動終えたあとのようにため息をついた瑠璃は俺たちの視線に気づきこちらを向く。

「あ……やべ」

テニス部とまで知り合いの人脈に、さすが瑠璃と言ってやりたいが。

その前に先ほど瑠璃がテニス部に向けて言っていたセリフをそのまま本人に返してやりたい。

なんでおまえがいるんだよってな。

有崎と同じく偵察にでも来たか？

などと俺が考えているうちに東福寺が立ち上がった。そして瑠璃の方を見て歩き出した。

いつものように、ズンズンと地面から音が鳴り響きそうな歩き方で、あっという間に瑠璃の前までたどり着く。

急な出来事に瑠璃も固まってしまっている。

「あなた広尾君と同じクラスの瑠璃さんよね」

「え、あ、うん。そうだけど」

あんなに困惑している瑠璃を見るのは初めてだ。

やはりさすがの瑠璃でも相手が東福寺となれば、萎縮してしまうのか。

「私たちの様子が気になってここまで来たの？」

「えっと……それはその」

何か偉い空気になってきたぞ。

東福寺はなぜあそこまで瑠璃に高圧的なんだ。

そして、俺はどうすればいいんだ。

とりあえずベンチから立ってはみたものの、動いていいかわからず、棒立ちしてしまっている。

「あなただけには、ハッキリ言っておくわ。私たち本当は付き合ってないの。だから安心して」

ようやく俺は情けなくも躊躇して固まっていた足を動かし始めた。

すぐに二人の元へ駆け寄って、間に入る。

「あ、流星」

「瑠璃、とりあえず言いたいことは山ほどあるが、おまえは後回しだ」

そして俺は東福寺の手を引いて小声で、

「どうした、東福寺。なんで瑠璃に偽カップルのことを打ち明けた」

「だって」

「だって、なんだ」

「だって、あなたはこの子に私たちが付き合っていると思われるのは嫌でしょう。同じ文系同士で気が合うのに私という存在がいたら邪魔になる。だったらこの子だけには真実を伝えておいたほうがいいじゃない」

「邪魔になるって、なんでそんなこと……」

もしかして……さっきから不機嫌なのも、俺が瑠璃の名前を出したことが原因か。

本当に——。本当に嫉妬《しっと》してるのか？

いや、まさか……。

「あ、大丈夫、あたしもう二人が付き合ってないこと知ってるから」

ひょこっと顔を出して瑠璃が言う。

「え……？」

東福寺の表情が青くなっているように見えた。そして、

「そ、そうよね。とっくに広尾君が言ってるわよね。それじゃあ、あとのデズミーは二人で楽しめばいいわ。私は帰って勉強しなきゃだから。じゃあね……！」

走り出す東福寺。

「あ、おい！　東福寺！」

「あれ、あたし、下手こいたくさいなこれ……」

「おまえは……間が悪いというか」

「とりあえず追いかけろよ流星」

「わかってるよ！」

誰かを追いかける時のために毎朝のジョギングを始めたんだ。

俺はすぐに東福寺の背中を追う。

しかし、誰もいない早朝の路上とは違って、ここは大人気パークの中央。しかもパレード前だ。人が多くて東福寺を見失いそうになる。

「おい、東福寺！ 待てって！」

「うるさい！」

まったく、三次元の女は世話が焼ける。

だけど少しだけ、俺はドキドキしていた。

走り去る女子を追いかける。

なんだか、まるでラブコメみたいだ。

その相手が東福寺だというのは不服だが。

東福寺の手を摑んだ時、もしかしたらこの現実にも、俺が思い描くラブコメみたいな世界が待っているかもしれない。

それはそれで悪くない。

そう思った時だった。

目の前から猫みたいに首根っこを掴まれた東福寺が、不貞腐《ふてくさ》れながら全《すべ》てを諦《あきら》めたような表情で現れた。

そして、そんな東福寺を捕獲している人物と言えば。

「まったく……世話の焼ける先輩方ですね」

有崎紫燕は相変わらずのポーカーフェイスで言った。

やはり、三次元にラブコメみたいな展開はそうそう訪れないようである。

◆

東福寺が走り出してから数分……いや数十秒も経《た》たないうちに俺たちは再び噴水の前で向き合っていた。

俺に東福寺、瑠璃に有崎。異色の四人組だ。

有崎は一度全員の顔を見渡すと、淡々とした声で、

「何があったか詮索する気もありませんし、面白《おもしろ》いことになるなら大抵は見逃しますが、仲違《なかたが》いだけはやめてくださいね」

はてさて、これは後輩として先輩を気遣う言葉なのか。それにしては妙な圧を感じるのは気のせいだろうか。

「それじゃあ、広尾部長、後処理はお任せします。一応ノルマの監視は終わりましたし、これ以降は私がいると何かと話しづらいでしょうから、当事者同士で解決してください。私は帰りますので」

「あ……ああ」

三人を文字通り置いてけぼりにして、その場を去る有崎。

いったいどこまで事情を把握しているのだろうか。

「流星、あれ演劇部の一年生？　なんか怖いな」

「そう。怖いってのは俺も同感」

と、俺が瑠璃に言った瞬間にポケットに入れていたスマホのバイブが鳴った。

有崎からのラインだ。タイミングが良すぎてマジで怖い。

内容は、

『ヒント』

『昨日の買い物の様子』

『珠季先輩と一緒に見てました』

まだ謎解きゲームは続いていたらしい。

しかし、今回のヒントは随分と易《やさ》しい。

謎解きが苦手な俺でもわかる内容だ。

「なあ、東福寺」

「何よ」

「おまえは一つ誤解をしてるんだ」

「……誤解？　大丈夫、知ってるの。今日の服装も瑠璃さんが選んだんでしょ？　ハッキリ言ってかっこいいわ。さすが文系同士だから価値観も合って、広尾君に似合うものをよく理解している。そんな気の合う二人の間に理系の私がいたら邪魔になるじゃない」

鋭い目で俺を見る東福寺。

「確かに今日のために俺は瑠璃に服装から何までコーディネートを頼んだ。言いたくないが、おまえとのデートで恥をかきたくなかったからな。だから一番、信頼できる幼馴染みの瑠璃に頼んだんだ」

「へ？　……幼馴染み？」

「そうだ。俺と瑠璃は、ただの幼馴染み。こいつが俺に似合うものを理解してるのは文系だからじゃない。ただの腐れ縁だからだ」

「で、でも。幼馴染みにしてはとても仲良く見えるけど」

ここで瑠璃も東福寺がなぜあんな態度を取っていたか察しがついたらしい。

「東福寺さん、逆に幼馴染みだから仲がいいんじゃないかな？」

「私にも峰藤学園に幼馴染みがいるけれど、仲は悪いわ」

それはおまえらが特殊なんだよと言ってやりたい。

どうも納得いっていない東福寺に俺は補足を入れる。

「俺たちが偽カップルだって瑠璃が知ってたのも、俺が打ち明けたんじゃなくて、こいつが気づいたんだよ。察しが良すぎるってのも厄介なもんだ」

「そうそう。流星わかりやすいんだよ。安心して、色んな事情があるってのもわかってるから、誰にも言わないよ」

俺と瑠璃をチラッチラッと交互に見る東福寺。まだ、ダメか。

「でもでも、それでも、なぜ瑠璃さんはここにいるわけ？　やっぱり広尾君の様子が気になって偵察しにきたってことよね？　紫燕みたいに」

「それは……その……」

瑠璃も瑠璃でこの話題になるとやけに歯切れが悪い。

「俺もそれは聞きたい。まさか本当に一人で偵察に来たのか？」

「いや……その偵察ってのは、合ってるような合ってないような」

「ハッキリ言え」

「……光星と来ました」

「は？」

「光星とデズミー行きたくて、流星たちがデートしてるから偵察しに行こうよって二人をダシにして来ました！」

「おまえなあ……じゃあ光星もいるってことか？」

「うん、今はいないけど」

「今はいないって、どこにいるんだ」

「パレード前にトイレ行ってくるって言ってから、戻ってくるまでの間に私が流星たちに見つかって、二人にバレたことをすぐにラインで報告したら、さっき『ややこしいことには巻き込まれたくないから帰る』って返事来てました」

「光星も光星で女子一人置いて帰るとか最低なことしてんな！」

「そこもかわいいとこだろ！　光星の悪口言うな！」

「黙れこの光星信者！　被害者が甘やかすな！」

俺たちの会話に東福寺が慌てて割って入る。

「ちょっと待って、ちょっと待って！ ……光星って誰？」

「俺の弟」

「弟……？ なんで広尾君の弟が話に出てくるの？」

「瑠璃が光星にゾッコンの変態だから」

「おい変態は余計だぞ流星」

東福寺は必死に頭の中を整理してるのか頭を抱えながら、ようやく結論を出したようで、

「つまり広尾君と瑠璃さんはただの幼馴染みで、瑠璃さんは広尾君じゃなくて弟さんを気になっていて……広尾君を利用して弟さんとのデズミーデートにこじつけたと」

「そうね。あんまりハッキリとあたしの行動を解説しないでくれるかな東福寺さん。恥ずかしいから。あと結局、光星にとっては偵察に来てるだけだからデートになってないいんだけどね」

「……本当に？ 私に気を使って、今話を作ってるとかじゃない？」

「東福寺さん、あんた意外に疑《うたぐ》り深いんだねー。なんならあたしのスマホに入ってる光星フォルダ見る？」

「そんなのあるの……？」

「2ギガ埋まってる」

「わかったわ。あなたの弟さんへの愛は理解したわ」

さすがに東福寺も瑠璃の変態じみた光星愛の前では納得せざるをえなかったようだ。

「だからあたしのことでヤキモキする必要なんてないんだよ東福寺さん」

「ヤ……ヤキモキなんてしてないわよ。私はただ、二人の邪魔なのかなって……」

「まあまあ、そういうことにしといてやるよ。それにしてもイメージ変わったわ。もっとクールだと思ってたけど案外かわいいところあるのな、東福寺ちゃん♪」

「別に……かわいくなんてないわよ」

「そういうとこ、そういうとこ……って、光星からライン来た！　……帰りの電車賃ないって。もう光星ちゃんはあたしがいないとなんにもできないんだから、かわいいなあ。それじゃあ、あたしもう行くから！　流星、テメーも男らしく東福寺ちゃんのことしっかり見といてやれよ！」

　捨て台詞を吐きながらホクホクの笑顔でダッシュする瑠璃。兄として光星を叱るべきなのだろうか。それとも光星をダメンズ化させている幼馴染みを叱るべきなのだろうか。

　それは帰ってからゆっくり考えよう。

　さて、二人にきりに戻ってしまったが……気まずい。

　とりあえず、

「誤解は解けたか？」

「……まあ」

「そうか」

気まずいのは向こうも同じようで、視線を落としたままだ。

しかし、先ほどまで見えていた猜疑心《さいぎしん》の色は表情から消えていた。

こういう時、俺が読んでいた恋愛小説の主人公たちはどんな行動を取っていただろうか。

いざとなると思い出せない。

やはり、女子と行動を共にする時は、台本を用意しなければ俺って奴は何もできないらしい。

「あの……」

東福寺がしばし続いた沈黙を破った。

しかし、その二音を鳴らしたきりで、再び沈黙が俺たちを包む。

パレードが始まる音だけがフィルターを通したかのように俺の耳を通り抜け、あざやかな光が東福寺の姿を照らした。

小さかった。

いつも堂々として憎たらしいほど強気な東福寺は、こうして見ると、とても小さくて。

まるでラブコメに出てくるヒロインみたいだった。

「行きたいとこ、あるんだろ?」

俺は東福寺の細く白い指をそっと握った。

「え?」

「さっき、俺が帰ろうとした時、まだって言ってたから。東福寺はまだ行きたいところ、あるんだろ?」

「……うん」

「じゃあ、行こう」

「あ、あの……手」

「ああっ、ごめん!」

咄嗟《とっさ》に手を離す。

ほぼ無意識で掴んでいた。

恥ずかしい……。

「こっち」

東福寺が歩き出す。

「おう……」

その背中を追う俺の手が、再び温かな体温で包まれた。

全身に熱くなるほど大量の血液が流れ出す。

「人多いから……万が一はぐれたら再集合する時間もったいないし……こうしてた方が効率的でしょ?」

「あ、ああ……」

握ってるんだが、握ってないんだか、わからないほどの力で添えられた手に誘導されながら、星空が照らすパーク内を進む。

パレードを見ようと集まる客の流れに逆らい、徐々に人数が減っていく。

そしてたどり着いたのは二メートルほどのウィッシュツリーが並ぶ広場。

何本ものツリーにたくさんのリボンが垂れ下がっている。

クリスマスに向けたパークのイベントらしい。

「すごい……綺麗……」

東福寺が並ぶツリーを見て言った。

「おまえがそんな感想をつぶやくなんて珍しいな」

「だって見て広尾君！　ツリーの数、一一本よ！」

「いや、それがなんなんだよ」

「素数よ、素数！　しかもゾロ目の素数って一〇〇京を超えるまで一一しかないのよ！　孤高でカッコいいし、素数のくせして何か割り切れそうな見た目がかわいいじゃない！」

ツリーそのものじゃなくて数字に反応したのか。変わり者の有崎が尊敬するだけあるな。

「それより、これはどういうイベントなんだ？」

我に返ったのか、東福寺は少し恥ずかしそうにしながら、

「ああ、そうね。リボンに願いごとを書いて結ぶと、その願いが叶《かな》うのよ」

恥ずかしがるポイントがよくわからんが、まあ、しかし。

「おまえ、さては東福寺の偽物だな」

「どういう意味よ」

「こんな非現実的な催しを信じるなんて、素数で喜ぶような理系の堅物女である東福寺じゃ、ありえない」

「癪ね。殺すわよ」

「ああ、やっぱり東福寺だった」

「先に白状するけど、これも紫燕からの指令よ」

「なんだ……じゃあ、写真も撮るのか？」

「ううん、ここでは撮らない」

「あれ、そうなのか」

写真も撮らないのに、なぜこんなことを。

周りはカップルだらけで俺たちは場違いじゃないか。

いや……場違いでもないのか。むしろ逆――。

なるほど、有崎の狙いも見えた。

トレンドやイベントごとに疎《うと》い先輩カップルへ、後輩からのアシストなのだろう。

有崎なりの気遣いならば、せっかくだし付き合うか。

「はい、これ。ウィッシュリボン。パークにも専用の売ってるんだけど、自分たちで用意したオリジナルのものを結ぶのがカップルとしては上級者なんだって。紫燕が昨日、お揃《そろ》いのリボンを私たちにプレゼントしてくれたの」

「ふーん。有崎もああ見えてロマンチックなのが好きなんだな」

「女子ってのは基本、こういうの好きなのよ。恋愛経験に乏しいあなたにはわからないかもしれないけど」

「じゃあ、なんだ。おまえも有崎の指令と言いつつ、興味あるのか」

「別に……。でも、綺麗なのは好きよ。リボンで飾れたツリーは、たとえ素数じゃなくても綺麗だわ」

「まあ、そうだな」

「ほら、あそこにペンが用意してあるから、早く書きましょう。普段は行列ができるらしいのよ、ここ。だからパレードやってるうちに来るのが効率的なの」

「それも有崎の受け入りだろ」

「うるさいわね。行くわよ」

そう言って、ツリーの脇《わき》に用意された筆記用の台が並ぶスペースまで向かう東福寺。

気づけばいつの間にか握られていた手は離れていた。

「願いごとか……」

俺はペンを握って考える。

「なんて書くつもりなの？」

「いや、それを他人に言ったら願いごとの意味ないだろ」

「でも結んでしまったら結局人の目につくんだし一緒じゃない」

「匿名で書くんだから結んだあとに見られても誰の願いごとかわからないだろ」

別で買ったオリジナルのリボンとはいえ、似たようなものだらけだ。一度結んで、吊るしてしまえばわかるまい。

「匿名性の有無で願いの効力が左右されるのっておかしくない？　あなたが今ここで書いているリボンと、結んだあとのリボンは物質的になんの変化も起こってないじゃない」

「おい、ここに連れてきたのはおまえだからな。こんなメルヘンな空間を理系の屁理屈でぶち壊す奴なんていないんだよ」

「私は二重スリット実験のように観測者の認知度によって願いの効力が変化したらおかしいと言いたいだけ。願いごとが叶うという超常現象自体はしっかり空気を読んで受け入れているわ」

「空気を読んでって部分が台無しだよ」

「つまるところ、あなたはなんて書くか教えなさいってこと」

「俺の願いごと知りたいだけじゃねーか」

「参考にするだけよ。深い意味はないわ」

「願いってのは人のを参考にするもんじゃないんだよ」

「ったく……屁理屈ばっか」

「どの口が言う」

一つ思い浮かんだ願いがある。

けれど、これだけは東福寺に絶対知られたくない。

そう思うこと自体が矛盾している願いかもしれないが。

「わかったわよ。もうあなたの願いは詮索しないから、こっちのも見ないでよね」

「元より見るつもりはない」

「だから……一緒のところに結びましょう」

「一緒のところ？」

「うん……こ、これも紫燕からの指令だから」

「細かい指令出すんだなあいつも」

「罰ゲームだからしょうがないじゃない。やらなきゃあとが怖いわよ、あの子」

「確かに。わかった。それで、おまえはもう考えついたのか？」

「まあ、一応」

俺たちは互いに文字が見えない位置で願いを書き、そのまま一つのツリーに向かった。

一本だけ、どのリボンも結ばれていない枝がある。

そこにしようと、二人で同時に結ぶ。

「願い、叶うといいわね」

ふと、東福寺がらしくもないことを言う。

「そうだな」

だから、俺もらしくもなく返す。

九月も終わりの夜は少しだけ肌寒い。

その分、澄んだ空に輝く星は綺麗だった。

冬への準備が始まるようだ。

✖◆✖ ACTOR 東福寺珠季 ✖◎✖

私、東福寺珠季《とうふくじたまき》は人の心というものを察するのが苦手だ。

人間の思考回路というものはなかなかどうも、アトランダムに変化し法則性を見出せない。

数字の世界なら丁寧に公式というものが存在し、ケアレスミスさえしなければ容易に解まで導き出せるのだが、心なんていう抽象的な言葉に私は度々悩まされる。

たかが脳信号の分際で小賢《こざか》しい。

そして、それは私自身の心にも同じことが言えた。

何事も効率を優先する私が、時たま、まったく意味のない、そして無駄な言動を取ってしまうことがある。

直近の例を挙げるなら昨夜のこと。

願いごとを書いたリボンを木の枝に結ぶだけで願いが叶《かな》う。そんな、根拠も実例もない非現実的な儀式に私は自ら参加してしまった。

言うならばこの時間まるまる無駄な時間。

必要のない行動。

愚かな選択。

しかし、それを望んだのは紛れもなく私だ。

デズミーデートの前日。紫燕《しえん》に付き合ってほしいと言われ連れていかれたのは雑貨屋だった。

そこで、広尾《ひろお》君に何かお揃《そろ》いのプレゼントを買おうと提案された。彼女なりの後輩からのアドバイスということらしい。

最初はなぜ私がそんなことをとゴネた。

別に今の時代にプレゼントは男の方から渡すものだなんて古いジェンダー観を持っているわけではない。

ただ、ただ、単純に私が広尾君にプレゼントを渡すことによってなんのメリットがあるのか、そこに納得のいく答えが見当たらなかったからだ。

紫燕は私みたいな人間がお揃いのものを共有したがるということ自体がギャップでかわいく見えるのだと力説していたが、そもそも彼女は根本的に間違っていて、私はあの男にかわいいとなんて思われなくてもいいのだ。

建前《たてまえ》上、私と広尾君は付き合っていることになっているので、それをそのまま紫燕に言うなんてことはしなかったが、ここで折れてしまったら、プレゼントを広尾君に渡すというイベントが一つ増えてしまい、デズミーデートの負担が多くなるので、断固として拒否していた。

というか、紫燕はそれが狙《ねら》いで面白《おもしろ》がっているのでは？　とも思ったが、私を尊敬する後輩がそんな悪巧みをすることはないだろうと信じたい。

しかし、まあ、紫燕があまりにもしつこいので、その場しのぎに雑貨屋の中を見て回っていると、とてもかわいらしいリボンが目に入った。

魅了されるという不思議な感覚を私は人生で初めて覚えた。

表情でバレたのか即座に紫燕が這い寄ってきて例の、ウィッシュツリーイベントを教えてきた。

願いが叶う。

いつもの私なら一蹴《いっしゅう》していることだろう。

だけど、その時の私はその言葉に酷《ひど》くすがりたくなっていた。

クラスメートの女子と楽しそうに歩く広尾君を見て、正直なんだかモヤモヤしていたから。

このモヤモヤがなんなのかはわからないが、明確に言えるのは、

『私も文系だったらな』

そう思ってしまったこと。

そして昨夜に至り、あろうことか私は少しだけ、その時間を楽しいと感じてしまったのだ。

楽しいという感情を持ったならそれは行動による報酬であり、その時間が無駄ではなかったと証明されてしまったということ。

つまり、長ったらしく話したが、無駄だと思っていたウィッシュツリーのイベントが楽し

かったのだ。
ウキウキもしたし。
ドキドキもした。
一緒の枝に結ぶなんて、紫燕から指示されていないことまでしてしまった。
こんな意志の弱いことがあるだろうか。
思考に一貫性がない。
自分の思考でさえこの始末なのだから、人の心なんて察することは不可能に近い。
ただ、一つ。
モヤモヤの正体だけは理解できた。察しの悪い私でもさすがにそれくらいはわかった。
それが誤解の生んだものということも。
だから、彼にお詫びの一つくらいはしないとな。
そんなことを思う月曜の午後なのである。

◆

放課後。
月曜日は学園の決まりで部活動はない。

運動部では自主練習をする人もいるが、やはり、普段よりは放課後に残っている生徒も少ない。

その静けさが私は好きだ。

穏やかな日差しの中、一人でいる部室は古い木造の匂《にお》いがして、考えごとをするには打ってつけである。

はてさて、お詫びといっても何をするべきだろうか。

お詫びの品ですなんて、菓子折りを手渡すのは重すぎるし。

かといって、ごめんで済ますには味気ない。

相手側はそこまで律義に考えていないかもしれないが、借りを作ったままな気がして私はスッキリしない。

そう、これは別に広尾君のためでなく私のためなのだ。

てなぐらいの気持ちで、できることがちょうどいいだろうか。

ああでもない、こうでもないとスマホにメモをしながら四苦八苦していると、部室の戸が開いた。

「おう、東福寺。一人で考えごとか？」

「うん……昨日のお詫びどうしようかって思って」

「昨日のお詫び？」

「そう。広尾君には悪いことしたなって……広尾君!?」

座っていた椅子《いす》にスマホを置いて私は勢いよく立ち上がる。

「瑠璃《るり》の件なら別にお詫びされるようなことでもないけど」

「か……借りを作るのは嫌なのよ。それより、今日は月曜よ。部活ないけど」

「ああ。生徒会から今週の半ばあたりに戸の修理するって通達があったから、準備室の中を整理しておこうと思って。ちょうどバイトも休みにしてたし」

「そう……ようやく直るのね」

「ていうか、おまえこそ部活ないんだから、考えごとなら家ですればいいじゃないか」

「部室の方が落ち着くし捗《はかど》るのよ」

「そんなもんか」

「そんなもんよ」

「じゃあ、整理手伝ってくれよ。お詫びならそれでいいから」

「それってお詫びになるかしら。準備室は演劇部で使ってるんだから整理の義務は元々私にもあるじゃない」

「本当、いちいち頭が固いな」

「何よ。癪《しゃく》だわ」

「部室の管理は部長の仕事。それを副部長のおまえが厚意で手伝う。これでいいだろ?」

「まあ……それなら」

そう言って私は、広尾君と準備室に入った。

準備室の中にあるのは主に衣装が掛かったハンガーラックと小道具の入ったダンボール。

歴代の演劇部が使っていたので、埃《ほこり》が被ったままのダンボールもある。

窓を開け、換気をしながら作業に取りかかる。


しばらく作業を進めていると、ふいに広尾君が声を上げた。

「げっ。なんだこれ」

汚いものを摑《つか》むように人差し指と親指でつまんでいたのは薄い雑誌だ。

「何？　どうしたの？」

「あっ……いや。見ない方が」

「何よ。見せなさいよ」

埃だらけの雑誌を無理やり奪い取り、私はその表紙を覗《のぞ》く。

「きゃあっ！　何これ！」

「だから見ない方がって言っただろ」

グラマラスな体形をしたトップレスの女性が写っている。

私は条件反射で雑誌を広尾君に投げつけしまった。

「こら。物を投げるな」

「なんでこんなものが部室にあるのよ」

「奥底にあったし、OBの先輩とかが持ってきたんじゃないの?」

「やけに冷静ね」

「別に」

広尾君の態度は興味がない表れなのか、それともただ慣れているだけなのか。

やはり彼も男子なのだから、このようなアダルト雑誌の一冊や二冊、自室に隠し持っているのかもしれない。

「あとでこっそり持ち帰る気じゃないでしょうね」

「持ち帰るか。おまえも知っている通り、俺《おれ》は三次元の女には興味がない。だからこんなものを見ても興奮しない」

ギリギリ信憑性のある情報だ。

「でもこの前、私の下着見て動揺してたじゃない」

「動揺と興奮じゃ意味が違うだろ」

「私じゃ興奮しないと」

「まあな」

それはそれでムカつく気がする。

「二次元なら興奮するってこと？」

「ノーコメント」

「この変態」

「その流れは理不尽すぎる」

そんなこと言いながら広尾君は躊躇なく雑誌をゴミ袋に入れる。

どうやら本当に持ち帰りはしないようだ。

私はまた同じような雑誌が出てこないか警戒しながら作業を続ける。

「まあ、また出てきたら俺が捨てるから教えてくれ」

「二次元の奴《やつ》が出てきたら？」

「しつこいな」

「ノーコメントなんて言って逃げるからよ」

「うおっ！」

会話の途中で急に広尾君が声を上げた。

「何よ、二次元の本見つけたの？」

「ち、ちげーよ、これ……」

珍しく広尾君が動揺している。

何事かと思って、彼の指さしたダンボールの奥を見ると……。

「きゃああっ！」

そこには血の付いた首吊り用のロープが、埃をかぶった状態で転がっていた。

私はすぐにお茶会で紫燕がしていた自殺した女生徒の話を思い出す。

「これって……紫燕が言ってた……。でも、あれは作り話って言ってたわよね……」

「あ、ああ……。まさか……な」

広尾君がゆっくりとロープに手を伸ばす。

そして埃を払ってすくい上げる。

「……これ、血のりだ」

「血のり……。なんだ……びっくりした……」

つまるところ、小道具の一つだった。

「考えてみれば、首を吊るのにこんな大量の血が付くはずないもんな」

「そ、そうよね……ホラーの演目で使ったのかしらね」

「てか、やっぱりおまえもあの話に怖がってたんだな」

「は？　別に。それより、それどうするのよ」

「とりあえず、今後に使う機会もあるかもしれないし、保管しておくか」

「え……うん、まあ、そうね……」

なんだか気味が悪いので正直処分してほしいが、部長判断なら仕方ない。

一年半近く倉庫として利用してきた準備室だが、意外と知らないものがたくさん出てくるものだ。

作業も終盤に差しかかったあたりで、窓からの明かりが薄暗くなってきた。

小道具の整理は大方終わり、あとは掃き掃除でもすれば完了だ。

「東福寺、電気つけてくれ」

広尾君に言われ私は入り口に向かう。

準備室の照明スイッチは外側にあるので、一回部屋を出ようと戸に手をかけると、

ガタッ――。

またこれである。

「広尾君、開けてくれる?」

「ああ、またか」

広尾君が最後のダンボールを棚にしまい込み、私の元へやってきた。

「見てろよ、東福寺。ここの部分を少し上に持ち上げるようにして……」

ガタッ――。

ガンッ――。

ガンッガンッ。

「広尾君？」

「あれ、今日はちょっと固いな……大丈夫、ここをこうやって」

ガンッガンッ。

「本当に大丈夫？」

「東福寺」

広尾君が改まった声で私の名前を呼び振り返った。

「開かない」

◆

私たちが準備室に閉じ込められてからもう三十分は経《た》っただろうか。

私のスマホは先ほど考えごとをしていた椅子に置きっぱなしにしてしまっていたので、正確な時間はわからない。

一応、広尾君がスマホを持っていたので、学園のホームページから代表番号にかけたのだが、職員室は忙しいのか繋《つな》がらなかった。代わりに日比《ひび》さんに連絡を入れてある。既に帰宅済みだったようだが、学園に戻ってきてくれるようだ。

しかし、日比さんの自宅は学園まで一時間ほどかかるらしいので、あともう三十分はこのままでいないといけない。といってもこれも私の体感時間で出した予測なので、もっと長いかもしれない。

自宅の近さで言えば紫燕は二十分ほどで学園に来れるのだが、彼女は部活のない月曜にバイトを入れているので、結果的に日比さんに連絡を入れたという流れだ。

もう準備室の中は真っ暗だ。

かろうじて窓から月明かりが入る程度。新校舎の方ならば外灯もあって明るいだろうが、ここは木造の古い旧校舎。そうはいかない。

私と広尾君は距離を置いて地べたに座っていた。

「よりによって修理の前日にこうなるとはな」

「もっと早く生徒会に相談しておくべきだったわね」

まあでも、たられば の話をしていても仕方ない。

待っていれば、助けは来るのだし、大人しくしておこう。

それにしても。

「そんなに距離取る必要ある？」

部屋の端っこ。窓の下で壁に寄りかかって座っている広尾君に声をかける。

「いや、さっきの話があるし」

「さっきの話？　く、首吊りの……？」

「そっちじゃない」

「……え？　エッチな本の話？」

「まあ……。その話でちょっと反省してな。俺がどんなに三次元に興味がないって豪語したところで、こないだみたいに、着替えの途中で男と鉢合わせしたら、女子にとっては怖いだろうなって……そこまでの考えが至らなかった。今だって、こんな暗がりの中、男と密室でいたら、やっぱり安心できないだろ」

相変わらず、ふとした瞬間に真面目《まじめ》な面を見せる男である。

確かに……男性と明かりもない密室で二人きりにされたら、多少は恐怖心を抱いてしまうだろう。

けれど、それはよく知らない男性が相手の場合だ。

少なくとも……。

「少なくとも、あなた相手ならそんなに怖くないわ」

「え……」

むしろ、首吊りロープのことを思い出してしまい、今の私にとってはそっちの方に恐怖を感じている。

今までかろうじて開いていた戸が、急にまったく開かなくなるのもおかしくないだろうか？

いや、わかってる。そんなの、偶然で片付く程度のこと。

さっきのロープだって、ただの小道具だ。

運の悪い人間が、なぜツイていないのかというと、その人間が自分は運の悪い人間だと思い込んでいるからだ。ネガティブに捉《とら》えようと思えば、どんな些細《ささい》なことも運が悪かったと変換できる。逆もしかり。ポジティブな人間ほど、些細なことで自分はツイていると信じられる。

結局、気の持ちよう。その人間のメンタルによって物の見方なんていくらでも変わるのだ。

だから、紫燕の作り話や、ロープの小道具、戸が開かなくなったこと、全《すべ》て心霊現象とは無縁だと証明できるにもかかわらず、恐怖してしまっているのは、この暗闇《くらやみ》と密室によって敏感になっている私のメンタルが引き起こしているにすぎない。

誰《だれ》だってホラー映画を見たあとのシャワーは怖いのと一緒だ。

けれど、こんな理路整然と自分のメンタルを分析したところで、恐怖が紛れるわけでもない。

元来、恐怖心を和らげるのに最適なのは、誰かがそばにいてくれることと相場が決まっている。

そうなると、私の口から出る言葉は一つ。

「もっとこっち来なさいよ。窓際だと冷えるでしょ」

そう。

私が広尾君を怖がるなんて、真反対の解釈を、彼はしているのだ。

今は、少しでも近くにいてほしい。

「でも……」

「面倒くさいわね。あなたなら怖くないって言ってるでしょう。そんなに不安なら背中を向け合って座りましょうよ。それなら私も安心だから」

「おまえがそう言うなら」

そう言って、広尾君が私のすぐ後ろまで移動してきた。

そして腰を下ろし、ピトッと背中をつける。

想像以上に熱いその体温に、私はドキドキしてしまった。

「なあ、東福寺。吊り橋効果って知ってるか」

「知ってるわよ。吊り橋にいるドキドキを恋愛のドキドキと勘違いするって奴でしょ」

「そうそう。今の俺たちみたいな密室で閉じ込められて……ってのも吊り橋効果の定番で、ラブコメなんかで多用されるシチュエーションなんだがな……。実際、俺たちの場合はすぐに助けが来ることもわかってるし、密室といっても慣れ親しんでる部室だし、やっぱり現実じゃ、そうそうラブコメみたいな状況って起こらないよな」

「それがどうしたのよ」

「いや、現実って味気ないなと思って」

この男は何が言いたいのだろうか。

じゃあ、何か。

今私がこの男がそばにいることでドキドキしているのは、暗闇の恐怖や閉じ込められている緊張感が起こした勘違いではないってことか。

ただ単に広尾流星《りゅうせい》という男にドキドキしてると言うのか。

そんなはずあるか。あってたまるか。

「暗闇ってだけで充分、吊り橋効果に至る条件は満たしてるんじゃないの。知らないけど」

「そんなもんか？」

「知らないけどって言ってるでしょ。何あなた、もしかしてこの私にドキドキしてるの？　ようやく私の魅力に気づいたのかしら」

「………」

なんでそこで黙るのよ！

私の方が余計ドキドキしてくるじゃない！

心臓の鼓動って背中越しでも伝わるのかしら……。

少しだけ隙間《すきま》を開けたほうが……、

「そういや、昨日は悪かったな」

また突拍子もなく広尾君が言う。

この人、会話下手なの？

「悪かったって何がよ。謝られることあったかしら」

「瑠璃のこと。もっと早く言っておけばよかった」

「それこそ、どうしてあなたが謝るのよ。勘違いして勝手に機嫌を損ねていたのは私なのに」

「だって俺も同じこと前にしたじゃん」

「同じこと……生徒会室でのこと？」

「ああ。生徒会長と東福寺が幼馴染みとは知らず、一人でヘコんでスネていたろ。自身の前例があるのに、他人に対しては無頓着。俺の悪いところだと自覚している」

「別に……そこまで自分を卑下することないじゃない。どうしたの、あなたが素直に謝るなんて珍しい」

「まあ、こんな機会でもないと言えないかなって」

彼の表情は見えないけれど、なんとなく、どんな顔をしているのかはわかった。

だから私も素直に答えた。

「私こそ、ごめんなさい。瑠璃さんにも謝っておいて」

「あいつはそういうの気にしないけど……一応伝えとく」

「でもね……瑠璃さんじゃないにしても、やっぱりあなたは文系の女子といたほうが楽しいんだろうなって思うわ。私といても根本的に合わないでしょ」

「なんだよ、急に」

「人間の価値観て千差万別じゃない。些細な事柄に対しても両極の感情を持つ人たちがいる。

どっちが正解とかはないけれど、コミュニティを形成してく中ではやはり、その感情が近しい人たちで集まった方が人生って上手《うま》くいくと思うの」

「何をしたってわかり合えない人がいるのは確かだな。だったら同じ価値観を共有できる人間と過ごした方が心にゆとりが生まれるのも理解できる」

「文系か理系かっていう指標にそこまで深い対立の要素があるとは思っていないけれど、カップルという関係として銘打ってしまうと話は別」

「………」

「私たちがカップルでいると、あなたと本当に価値観が共有できる……一緒にいるべき人との、出会えるチャンスの芽を摘《つ》んでしまっている気がするの。……そう昨日感じたわ」

「……何が言いたいんだ」

「偽のカップルだとしても、文系のあなたと理系の私じゃ合わない――」

「――そんなことない」

静かに、そして、強く彼が言った。

「前にも言ったよな。俺はおまえを唯一のライバルだと思っているって。一番でいよう、みんなの憧《あこが》れでいよう、そう努力しようと思う価値観は共有していることにならないのか？　文系だからとか理系だからとかじゃなくて、俺はおまえと高みを目指していることが好きだ。おまえと高みにいることが好きだ。おまえと一緒なことが好きなんだ」

「広尾君……」

「カップルでいることが嫌ならそれはそれでいい。どうしても別れたいと言うなら、自然と周りが納得できる筋書きになるような台本を俺が書く。だけど――」

背中から体温が消えた。

代わりに肩に彼の手が触れる。

振り返ると彼の真剣な目が私に向けられていた。

そして言う。

広尾流星は真っ直《ます》ぐ私を見て。

「合わないなんて言わないでくれ。俺はおまえと一緒にいる時が一番楽しい」

ドキドキが止まらなかった。

このドキドキが吊り橋効果のもたらす勘違いなんかじゃないということは公式を使わなくてもわかった。

「わ、私も……あなたと一緒にいる時が一番楽しいよ」

彼の顔が霞み始める。

顔の熱で視界がぼやけているようだ。

もしかして、これが恋愛って奴だろうか。

これが恋って奴だろうか。

ならば、ここで私がすることは、素直になることだ。

素直にこう言えばいい。

あなたの、本当の彼女にしてください——

演技というのはいつか破綻する。

なぜなら、それは本当の自分じゃないから。

私が今するべきことは、演技の仮面を脱ぎ、本当の『自分《ことば》』を彼に伝えること。

「広尾君……あなたの」

カランカランカランカラン——。

天井《てんじょう》から音が聞こえると同時に、準備室の照明がついた。

そして、幾度か激しい音が鳴り、戸が開かれる。

「おい、演劇部。大丈夫か？」

開いた戸の前には、屈強な体育教師と、日比さんがいた。

「先生、大丈夫です。すみません、ご迷惑おかけして。日比も先生を連れてきてくれてありがとうな」

「部長も副部長も無事でよかったです」

まだドキドキの余韻で頭がボーッとする私をよそに、広尾君が冷静に対応してくれた。

しばらくぶりに浴びる人工の光が眩しくて、まるで夢の中にいるようだった。

私はみんなの背中を追って、準備室を出る。

いつもの光景が広がっている。

非現実から現実に戻った気分。

創作を愛する人たちは、この寂《さび》しさをいつもどう受け止めているのだろう。

私が一人で見慣れた部室を眺めていると、広尾君が隣に来た。

「いいアドリブだったぞ、東福寺」

「……え？」

そして、そのまま、また日比さんたちに交じって談笑を始める。

アドリブ……？　なんのことだろう。

気になりながらも、椅子に置きっぱなしにしていたスマホを取りに行く。

画面をつけて時刻を確認すると十九時半を回っていた。けっこうな時間、準備室にいたらしい。

その間に来たいくつかの通知を確認する。ラインの通知に、インストの通知、それと……メール？

広尾君と偽のカップルを演じるようになってからデータのやり取りが増えたので、それ用に作ったフリーアドレスに一通メールが届いていた。

「おい、東福寺。何、突っ立ってるんだ。もう行くぞ」

スマホに気を取られていた私に広尾君から催促が入る。

「あ、うん」

とにかく、しばらく緊張が続いたせいで汗をかいた。

家に帰って早くシャワーを浴びたい。

◆

「くそ……どっちなのよ」

シャワーを浴び終えた私は、パジャマ姿でベッドに寝ころびスマホを睨《にら》んでいた。

通知が来ていたメールを開き、先ほど読み終わったところだ。

差出人は広尾流星。

内容は……。

台本だった。

今夜、準備室でした私と彼の会話。

それが丸ごと台本になって、送られていた。

最初は、このメールの意味がまったく理解できなかった。

しかし、冒頭に、添えられた言葉がある。

『いつ誰が助けに来るかわからない。壁越しに会話が聞かれてもいいように即興で台本を考えた』

そして、私のセリフの部分は、実際にしていた会話と微妙に文面が違う。

受信時間は十九時二十六分。

そこで、私は二つの仮説を導き出した。

一つ目。

準備室であった私たちの会話は最初から彼の台本だった。

正確には「私たち」ではなく「彼だけ」になる。

彼は私がスマホを部室の椅子に置いてきてしまったことを知らず、私たちが準備室で閉じ込められている最中にこの台本メールを送った。

なので彼だけは台本通りに会話を続け、私のセリフが違ったことをアドリブだと思った。

『いいアドリブだったぞ』はそういう意味だったのだ。

思えば、吊り橋効果の話をし始めたのは彼だ。

てっきり彼も私と同様、ドキドキしていることに何か理由をつけたいのだとばかり思っていたが、もしかしたら、あの状況が単にカップルを演じるならいいシチュエーションだと考えていただけかもしれない。

メールでは誰かに聞かれてもいいようにと注釈されていたが、このシチュエーションを利用して、自分が即興で考えた台本の出来を確かめたかった……という推察もできる。

二つ目。

準備室であった私たちの会話を、恥ずかしさからなかったことにしたくて、台本メールをあとから送った。

受信時間の十九時二十六分。この時間が準備室に閉じ込められている最中だったのか、それとも既に脱出したあとだったのか。

スマホがなく正確な時間を確認できなかった私にとって、この十九時二十六分というのは非常に微妙なラインである。

もし、私がスマホを持っていないことに彼があらかじめ気づいていたならば、準備室での会話を台本にして、脱出後にメールで送るという隠蔽工作も可能ではある。

文系一位の記憶力をもってすれば、あの程度の会話を文字起こしするのも容易《たやす》いだろう。

準備室の戸が開いたあとも、私は余韻でボーッとしてしまっていたので、確かにこちら側の隙はあった。

私のセリフ部分が微妙に違うところも、辻褄《つじつま》を合わすためにわざと変えてアドリブだったということにするあたりが小賢しくて彼らしい。


と、二つの説を考えてみたが……。

どちらにしろ、真相は広尾流星しか知らない。

前者だったなら、一人でドキドキしていた私が赤っ恥だ。

しかし、後者ならば、彼が行った隠蔽工作は照れ隠しだということ。

準備室で言った彼の言葉が本心である裏付けにもなる。

果たして、この方程式の解はどっちなのだろうか。

いくら理系一位の成績を誇る私でも、公式すらないものは解きようがない。

まったく。

「やっぱり恋愛って非効率ね」

そう言って私は、心地のよい眠りにつくのであった。

◆

翌日の放課後。

部員四人が見守る中で戸の修理が行われていた。

「ようやく心配ごとが一つ減ったな」

昨夜のことなどまるでなかったかのようにケロッとしてる広尾君が言った。

「そうね」

私は空返事をする。

「部長も副部長も、これからは二人きりで閉じ込められる心配ないですね」

日比さんが言うと、反応を見せたのは紫燕で、

「おや、お二方。いつの間にそんな面白そうなイベントしていたんですか?」

私は呆《あき》れながら、

「面白くもなんともないわよ。閉じ込められて割と焦《あせ》ったんだから」

「うん？　そうなのか東福寺。俺には冷静に見えたけど」

「そりゃあ、広尾君がそばにいてくれたから安心はしてたわ。焦ったのは最初だけ」

「あはは。俺も東福寺が一緒にいてよかったよ」

なんて、またしょうもない演技を始める私たち。

「あれ、でも二人ともなんか痴話ゲンカしてませんでした？　部室に着いた時、口論してる声が、かすかに聞こえましたよ」

日比さんが細い目で見てきた。

「聞こえてたか……恥ずかしいな。でも、あんなの口論のうちに入らないよ。な、東福寺」

「ええ。ただ、お互いの気持ちを確かめ合ってただけよ」

「尊い。やっぱり演技部カップル尊いですぅ……」

そんな会話をしていると、修理が終わったようで業者の人から確認の声がかかった。

修理後の戸はスルスルと開閉し、昨日までの重さが嘘《うそ》のようだった。

「よし、それじゃあ今日も部活始めるか！」

広尾君の掛け声が部室に広がり、後輩たちが準備を始める。

温かい日差しの中でいつもの日常がまた過ぎていく。

私は広尾君の横に立ち、そんな日常を眺めながら言った。

「昨日のあれ、アドリブじゃないわよ」

「え……？」

そして、後輩たちの元へ駆け寄った。
私に難題を突きつけて勝った気でいるなら大間違いよ。
あなたにだって、一生かけても解けないような難題で悩んでもらうんだから。
勝つのはこの私。
さあ、解けるもんなら解いてみなさい。
もし、答えがわかったなら、その時は本当に付き合ってあげてもいいけどね。

POST CREDITS

「やっぱデズミーは夜のパレードが至高だね」

「それな」

「このあとどうする？　最後にウィッシュツリー行っとかない？」

「それありだね。もう閉園時間近いし、この時間なら混んでないっしょ」

デズミーランドで休日を楽しんでいた峰藤《みねふじ》学園、女子テニス部の四人組は、パーク中央の噴水前を離れ、ウィッシュツリーのイベントエリアに向かった。

「うおおお、ツリーすげえええ！」

「めっちゃエモいんだけど！」

「それな」

「はい、みんなリボン」

一人があらかじめパーク内で購入しておいたリボンを全員に配る。

「さすがミカ。気が利《き》く」

「何書く？」

「もち彼氏欲しいでしょ」

「それな」

揃《そろ》いも揃って同じ願いごとを書いた四人は、一箇所だけまだ二本しかリボンが結ばれていない枝を見つけ、そこに全員で結ぶことに決めた。

「けっこうオリジナルのリボン多いね」

「オリジナルのはだいたいカップルでしょ」

「それな」

「ねえ、これ見て」

ミカが、先に結ばれていたリボンを指さして言う。

「草。何これ、同じリボンで同じ願いごと書いてる」

「いや、それを言うなら、うちらもじゃん」

「それな」

「でも絶対カップルなのに中身がウケる」

リボンの周りに集まる四人。

「てか多分この二人中学生だよね」

「それな」

「下手《へた》したら小学生？」

「ウブだね～」

そして、並んだ二つのリボンを見ながら、みんなで微笑んだ。

『素直になれますように』

『素直になりたい』

「「はあ～あ。リア充爆発《ばくはつ》しろ」」

「それな」

年頃の四人が揃ったテニス部の面々は、一旦《いったん》ため息をつき、すぐまた笑顔に戻って、賑やかに帰宅するのだった。

素直になれますように
素直になりたい

あとがき

こんにちは、徳山銀次郎《とくやまぎんじろう》です。本編をお読みいただき、ありがとうございます。

今回は文系と理系をテーマにしたラブコメを書かせていただきました。

ひねくれもの同士が偽のカップルを演じたらどうなるか？　と、いうところから、この企画を考え始めた結果、文系の人にも理系の人にも怒られそうなコメディ作になってしまいました……。ですが、この作品でのイメージはあくまでエンタメに振り切った私の偏見であり、どちらかを貶す意図はありませんので、どうか、ご容赦ください。

さて、実は私の母校が勝海舟《かつかいしゅう》とゆかりのある小学校でして、彼のことを調べていた際、見つけた言葉が、作中に登場していた、あの名言でした。

『行いは己のもの、批判は他人のもの、知ったことではない』

なんとも、まあ、まるで百年先にやってくるこのSNS時代を、見越していたかのような言葉ですね。いや、存外、人間……あるいは社会の思考なんて、百年経ったところで本質的に変化していない、ということなのかもしれません。

いい感じにあとがきでカッコいいこと言えたので、謝辞に参りたいと思います。

まずは、イラストを担当していただいた、日向《ひゅうが》あずり先生。素敵なイラストをありがとうございます。特に口絵の流星《りゅうせい》と珠季《たまき》が対立している構図は、この作品をまさに体現していて、たった一枚の絵でこんなにも物語を演出できることに、とても感動いたしました。本当にありがとうございます。

続いて、企画段階からたくさんのアイディアと助言をいただいた担当様。私の神経質な意見にも根気強く向き合っていただき、その結果、新しい作品を生み出せたことに、とても感謝いたしております。これからも二人三脚でどうぞよろしくお願いいたします。

また、この企画に限らず毎回、徳山のお悩み相談を嫌がらずに聞いてくださり、仲良くしていただいている先輩作家の皆様。友達少ない私とマメに連絡してくれる同期作家さんたち。まだ直接ご挨拶できていないのに、ＤＭやツイッターで優しくしてくれた後輩作家さんたち。皆さん、本当にいつもありがとうございます。

そして、本作を刊行するにあたって、たくさんのお力添えをいただいた全ての皆様に感謝申し上げます。改めて、本を出せる喜びと重みを感じております。

最後に、本作を読んでいただいた読者の皆様。

あなたの人生の読書リストに『理系彼女と文系彼氏、先に告った方が負け』を入れていただき、ありがとうございます。光栄でございます。

これからも、どうぞ、よろしくお願いいたします。

徳山銀次郎

ファンレター、作品の
ご感想をお待ちしています

〈あて先〉

〒106－0032
東京都港区六本木2－4－5
SBクリエイティブ（株）
GA文庫編集部 気付

「徳山銀次郎先生」係
「日向あずり先生」係

本書に関するご意見・ご感想は
右のQRコードよりお寄せください。

※アクセスの際や登録時に発生する通信費等はご負担ください。

https://ga.sbcr.jp/

理系彼女と文系彼氏、先に告った方が負け

発　行　　2023年4月30日　初版第一刷発行
著　者　　徳山銀次郎
発行人　　小川　淳

発行所　　SBクリエイティブ株式会社
〒106-0032
東京都港区六本木2-4-5
電話　03-5549-1201
03-5549-1167（編集）

装　丁　　百足屋ユウコ＋フクシマナオ
（ムシカゴグラフィクス）
印刷・製本　中央精版印刷株式会社

ISBN978-4-8156-1796-7
Printed in Japan　　GA文庫

試読版は
こちら!

試読版は
こちら!